HAYMON taschenbuch 17

HAYMON tb **17**

Ungekürzte Taschenbuchausgabe
Haymon Taschenbuch, Innsbruck-Wien
www.haymonverlag.at/haymontb

Überarbeitete Neuauflage der 1994 bei Deuticke erschienenen Originalausgabe.

ISBN 978-3-85218-817-1

Umschlag- und Buchgestaltung:
Kurt Höretzeder, Büro für Grafische Gestaltung, Scheffau/Tirol
Satz: Haymon Verlag/Manuela Weiß
Coverbild: Ausschnitt aus dem Comic „Torpedo. Man lebt nur zweimal"
von Jordi Bernet/Sanchez Abuli (Carlsen Verlag 1990)
Autorenfoto: Haymon Verlag

Gedruckt auf umweltfreundlichem,
chlor- und säurefrei gebleichtem Papier.

Kurt Bracharz
Cowboy Joe

Kriminalroman

Kurt Bracharz

Cowboy Joe

1

Die Kuh saß auf der Straße, wie ein Hund, die Hinterbeine ausgestreckt, die Vorderbeine aufgestellt. Sie schwenkte den Kopf hin und her und brüllte ganz entsetzlich.

Revierinspektor Johann Natter hatte aus dem wilden Rollen der großen rot geäderten Augen und dem blutigen Schaum vor dem Maul des Tieres schon seine Schlüsse gezogen, bevor er sah, dass der Bauch aufgeplatzt war und ein langes Stück braungrüner Darm aus dem Fell heraushing und sich auf der Straße ringelte.

Wahrscheinlich waren das Rückgrat der Kuh gebrochen und ihre hinteren Extremitäten gelähmt.

Neben dem zertrümmerten Auto hatte sich ein Grüppchen Zuschauer versammelt, Erwachsene und Kinder. Sie sahen mit entsetzten Gesichtern dem Todeskampf des großen schwarz-weiß gefleckten Rindes zu.

Ein Mann lehnte am Unfallwagen und betastete die zerbeulte Karosserie, als handle es sich um ein Lebewesen. Es war der Lenker. Er war unverletzt geblieben, stand aber offensichtlich unter Schock.

Natter hatte sich sofort erkundigt, ob die Rettung gerufen worden war, und den Fahrer kurz befragt, ob ihm etwas passiert sei. Dann sperrte er mit seinem Kollegen Giesinger den Unfallort ab.

Während der ganzen Zeit hatte die Kuh unablässig gebrüllt.

Ein älterer Mann aus der Zuschauergruppe rief Natter zu: „So erschießen Sie doch das arme Tier, sehen Sie denn nicht, wie es leidet?“

Natter sah Giesinger an. „Ich denke, er hat recht. Die Kuh wird nicht mehr – so wie die beisammen ist … erschieß sie!“

Giesinger erwiderte heftig, aber mit gedämpfter Stimme: „Bist du deppert? Weißt du, was so eine Kuh kostet? Wenn der Bauer klagt, zahlst du zum Schluss noch elftausend Schilling!“ Dann rief er dem Mann zu: „Das geht uns nichts an, das muss ein Jäger tun!“

„Geben Sie mir die Pistole, dann tu ich es, ich habe einen Waffenpass!“ schrie der Mann zurück. Er wies auf die Kinder, die mit blassen Gesichtern, aber fasziniert die Kuh beobachteten. „Wie lang sollen denn diese Kleinen da noch zuschauen, wie sich das Tier quält? Das können Sie doch überhaupt nicht verantworten!“

Natter zog seine *Glock* und lud durch. Er schrie die Leute an: „Haltet euch die Ohren zu!“ Er trat vor die Kuh hin und zielte aus einem Meter Entfernung auf eine Stelle, an der die Stirnplatte zwischen den Hörnern beim Hin- und Herschwenken des Kopfes in sein Visier kommen musste. Ein aufgesetzter Schuss wäre besser gewesen, aber er wollte nicht auch noch den Gestank des verbrannten Fells riechen und mit Blut oder Hirn bespritzt werden. Er hatte den Finger am Druckpunkt und musste nur noch eine winzige Bewegung mit dem vordersten Fingerglied machen, als der Kopf der Kuh knapp vor der anvisierten Stelle war.

In der Gruppe schrien mehrere Personen auf, als der Schuss krachte. Obwohl er das Einschussloch nicht sehen konnte, war Natter sicher, richtig getroffen zu haben. Der Kuh warf es den Kopf zurück, dann hielt sie einen Augenblick in ihrer Bewegung inne, riss die Augen noch weiter auf und brüllte wie zuvor. Ihre Vorderhufe trommelten auf den Asphalt.

Nachdem er die erste Verblüffung, dass sie nicht tot war, überwunden hatte, schoss Natter ihr eine zweite Kugel in den Kopf. Diesmal hatte er nicht genau genug gezielt und traf das Ohr, aus dem Blut spritzte. Das

Projektil fuhr seitlich in den Kopf des Tieres, tötete es aber genauso wenig wie der erste Schuss.

„Das gibt's doch nicht", rief der Mann aus der Zuschauergruppe. „Ist das eine Zirkusshow oder was? Wie lange wollen Sie noch so sinnlos herumballern, Sie misslungener Cowboy?"

Natter verlor einen Moment lang die Nerven. „Halten Sie den Mund! Ich mahne Sie ab! Wenn Sie nicht sofort aufhören, so pampig zu sein, mahne ich Sie nochmals wegen ungestümen Benehmens ab und nehme Sie anschließend fest!" schrie er den lästigen Zuschauer an.

Er hielt die *Glock* mit ausgestreckten Armen immer noch auf die brüllende Kuh gerichtet. Jetzt schäumte sie nicht nur, sondern es troff ihr auch Blut aus dem Maul. Rotgefärbte Schaumflocken flogen nach beiden Seiten. Natter spürte, dass seine Hände zitterten.

„Setz doch den Schuss auf", sagte Giesinger.

Natter trat einen Schritt vor und schoss der Kuh aus nächster Nähe durch das Auge eine Kugel in das Gehirn. Diesmal spritzte die Gallerte aus dem Augapfel. Der Gendarm hörte, dass in der Gruppe jemand zu kotzen begann.

Die Kuh fiel um und zappelte mit den Vorderbeinen, während die hintere Hälfte mit dem heraushängenden Darm ruhig liegen blieb. Aber das Gezappel waren nur noch letzte Reflexe, das Tier war jetzt wirklich tot.

Natter nahm das Magazin heraus und die Patrone aus der Kammer, drückte zur Kontrolle leer ab, gab die Patrone ins Magazin zurück und steckte es wieder in den Griff. Das gab ihm Zeit, sich ein wenig zu sammeln.

Der Mann mit den guten Ratschlägen war jetzt in voller Fahrt. „Prachtvoll", schrie er. „Ein Schauspiel für die Kinder! Damit sie sich nicht immer die Brutalitäten im Fernsehen ansehen müssen, live ist es ja noch viel interessanter!"

Natter sah ihn kalt an. Er war jetzt wieder völlig ruhig. „Ich mahne Sie nochmals ab, wie ich es vorhin schon getan habe. Stellen Sie Ihr ungestümes Verhalten ein."

Der Mann sah, dass der Gendarm es ernst meinte. „Meine Meinung können Sie morgen in der Zeitung lesen!" sagte er. „Aber nicht etwa in der Leserbriefspalte. Ich bin nämlich Redakteur beim *Mittwochblatt*!"

Das *Mittwochblatt* war eine Gratiszeitung mit hoher Auflage. Viele Anzeigen und ein unsäglich dummer redaktioneller Teil.

„Scheiße", murmelte Giesinger.

„Von mir aus können Sie der Kaiser von China sein", sagte Natter. „Das beeindruckt mich nicht im Geringsten." *Aufgeblasenes Arschloch*, setzte er in Gedanken hinzu. Er überlegte einen Moment lang, ob er den Mann schikanieren sollte. Der war mit dem Auto dazugekommen und am Unfallort stehen geblieben. Eine Überprüfung, ob das Wasser in der Scheibenwaschanlage ausreichte, brachte fast immer Ergebnisse. Natter hatte erst vor zwei Tagen in der Zeitung gelesen, dass in Italien ein österreichischer Urlauber eine sehr hohe Geldstrafe gezahlt hatte, weil sein Hund am Rücksitz nicht angeschnallt gewesen war. Ganz so weit musste man ja bei den Schikanen nicht gehen, aber ein Denkzettel konnte dem Journalisten nicht schaden.

Natter verwarf den Gedanken, riskierte aber einen Blick auf das Nummernschild. Irgendwann würde er den Herrn Redakteur schon kriegen, und wenn nicht er, dann ein Kollege. Gegen die Schmeißfliegen von der Presse halfen alle Polizisten zusammen, da war er sich sicher.

Wie durch den Gedanken herbeigerufen, tauchte eine Motorradstreife auf. Zwei junge Männer in schwarzem Leder, die sich auffallend ähnlich sahen. Vielleicht lag es auch nur daran, dass sie beide zu ihren Halbschalen-Jethelmen dieselben Sonnenbrillen trugen, jenes *Ray-Ban*-Modell, das amerikanische Polizisten bevorzugten. Das war schon ziemlich *lässig*, jedenfalls *lässiger* als die neuerdings zur Verfügung stehenden Vollvisierhelme von BMW, aber *am allerlässigsten* waren die Mikrophone zum Funkgerät 10, die seitlich am Helm angebracht waren und den Mund verdeckten. Mit dem ganzen technischen Krempel wirkten die beiden wie *Cyborgs* oder *Terminators* oder sonst etwas aus der nahen Zukunft. Wenn sie mit einem sprachen, sah man weder ihre Augen noch ihre Münder, und manche Leute wurden davon sicher eingeschüchtert.

„Irgendwelche Probleme?" erkundigte sich der eine bei Natter, ohne von seiner 1000er BMW abzusteigen.

„Schon gelöst", sagte Natter mit einer Kopfbewegung zu der toten Kuh hin. „Die Kuh ist hinüber, ihr könnt euch höchstens ein paar Steaks herausschneiden. Das Auto ist im Eimer, der Fahrer unverletzt."

Soeben kam die Rettung. Es gab aber für sie wenig zu tun, der Mann, der das Auto streichelte, stand nicht unter Schock, sondern trauerte bloß um sein Fahrzeug. Jetzt war es hinüber, das arme Ding. Er weinte beinahe, als er den Umstehenden erzählte, die Versicherung des Bauern werde ihm jeden Groschen ersetzen müssen. Natter dachte sich, er könne froh sein, dass er nicht auch noch das Auto hatte erschießen müssen, der Besitzer hätte ihm sicher Schwierigkeiten gemacht, und die Versicherung hätte dafür mehr verlangt als die 11.000 Schilling für eine Kuh.

„Wer bringt die verdammte Kuh weg?" fragte der zweite Streifengendarm.

„Die Straßenmeisterei, schätze ich", sagte Natter.

Die Verkehrsgendarmen starrten ihn an. Vielleicht sah es auch nur so aus, weil die Sonnenbrillen wie Glotzaugen wirkten.

„Du bist ein *Wälder*, stimmt's, Kollege?" sagte der eine.

„Und wenn?" erwiderte Natter.

„Weißt du, warum die Kühe so blöd sind?" fragte der erste Gendarm.

Nach einer kurzen Pause, in der niemand antwortete, sagte der zweite: „Weil sie bei Bauern aufwachsen."

Sie lachten auf und starteten die Motorräder durch.

„Was war denn das?" fragte Giesinger verblüfft.

„Leider gibt's unter den Kollegen auch ganz große Arschlöcher", sagte Natter zornig und ging zum Auto zurück, um mit der Funkleitstelle Kontakt aufzunehmen. Es ärgerte ihn, dass die zwei Verkehrsgendarmen aufgrund seines Akzentes erkannt hatten, dass er aus dem Bregenzerwald stammte. Vor allem in der Landeshauptstadt gab es eine Menge Leute, die Wälderwitze machten, so wie anderswo Burgenländerwitze erzählt wurden oder wie – ausgleichende Gerechtigkeit – die Schweizer und die Deutschen neuerdings Österreicherwitze erzählten. Aber dass er so von Gendarm zu Gendarm und in aller Öffentlichkeit angepflaumt wurde, war doch ein starkes Stück. Was unter Bekannten noch als Scherz durchgehen mochte, war unter Fremden auf jeden Fall eine grobe Beleidigung.

Scheiß Motorradbullen!, dachte sich Natter, der sonst nie dieses Wort für seine eigene Berufsgruppe verwendete.

2

Über Funk kam die Durchsage: „Die beiden Mäher sind da."

„Was für Mayer?" fragte Natter.

„Die Mä-her! Die beiden Gemeindearbeiter, die das Gras mähen sollen! Die hast du doch selbst bestellt, oder?"

„Ach die! Und was ist mit dem Walter?"

„Was für ein Walter?"

„Walter Alge von der Spurensicherung."

Gemurmel im Äther. Dann: „Der ist schon dort. Er ist ja derjenige, der uns angerufen hat."

Natter sah fluchend auf die Armbanduhr. „Wir hatten doch drei Uhr ausgemacht. Jetzt ist es erst Viertel vor. Na, wie auch immer, in zehn Minuten bin ich dort."

„Ins Ried?" fragte Giesinger und bog schon ab, ohne Natters Antwort abzuwarten.

Natter hatte am Vortag einen Toten im Graben einer geschotterten Riedstraße gefunden, einen alten Mann, der neben seinem Fahrrad lag. Ein Bauer hatte die Rettung gerufen. Die Meldung war per Funk an Natter weitergegeben worden, weil der mit dem Streifenwagen zufällig in der Nähe war. Natter war die Schotterstraße entlanggefahren, bis er den Mann und das Fahrrad im Graben liegen sah. Der Radler war äußerlich unverletzt, aber nicht bewusstlos, sondern unzweifelhaft tot. Auf den ersten Blick sah es aus, als sei der Mann an einem Herzinfarkt gestorben und mit dem Fahrrad von der Straße gestürzt. Auf den zweiten Blick gab es eine Unstimmigkeit: er hatte einen Schuh verloren. Ein Herzinfarkt zog niemandem den Schuh aus, wohl aber ein Unfall. Natter sicherte ab und machte eine Reihe Polaroidfotos, während er auf die Rettung wartete. Die kam bald, nahm den Mann aber nicht mit. Der Notarzt betastete die äußerlich unversehrte Leiche und sagte, hinten links im Beckenbereich sei eine weiche Tasche, womit er meinte, dass der Knochen mit großer Kraft zertrümmert worden war. Natter rief über den *Meldekopf Rhein* den Leichenbestatter. Der kam nach einer Weile, die der Gendarm für eine Untersuchung des völlig unbeschädigten Fahrrads benützte, und brachte den Toten, der keine Ausweispapiere, aber eine auf vermutlich seinen Namen lautende Verkehrsverbundsnetzkarte bei sich hatte, nach Hohenems in die Leichenkammer des Spitals. Natter fuhr zum Posten und verbrachte zunächst einige Zeit damit, mittels Telefon die Identität des Mannes zu klären, indem er der Reihe nach die Namensliste im Telefonbuch durchging. Dann verständigte er das Gericht. Der Richter ordnete die Obduktion an, nachdem Natter ihm von dem Schuh berichtet hatte.

Die Obduktion fand am nächsten Vormittag statt.

„Sehen Sie", sagte der Arzt, ein Innsbrucker namens Kalkbrenner. „Ich habe diese Tasche aufgeschnitten, und was finden wir hier? Der Beckenring ist offen, ich kann da die Finger hineinstecken!" Er demonstrierte es. Obwohl Natter schon während der Ausbildung bei Obduktionen zugesehen hatte, grauste es ihn immer noch. „Der Mann muss einen ungeheuren Schlag hier drauf bekommen haben." Kalkbrenner meinte die linke Hüfte.

„Der Seitenspiegel eines hochrädrigen Fahrzeugs", sagte Natter. „Ein Pritschenwagen, ein Anhänger oder ein Jeep-Rückspiegel. Kein Traktor, weil der zu langsam wäre."

„Die Schlussfolgerungen überlasse ich Ihnen", erwiderte der Arzt. „Auch was die Geschwindigkeit betrifft."

„Aber sie muss bei 50 km/h gelegen haben, um so einen Bruch zu verursachen?“

„Gut möglich. 10 km/h würden jedenfalls nicht ausreichen.“

„Aha“, sagte Natter, der wusste, dass aus dem Arzt keine konkretere Angabe als die über den vermutlichen Todeseintritt am Samstagnachmittag herauszubringen sein würde. Er setzte sich wieder ans Telefon, rief die Gemeinde an und verlangte, dass das hohe Gras am Straßenrand gemäht würde. Man versprach ihm für nachmittags um drei Uhr zwei Männer mit Sensen. Natter verfertigte die Pressemitteilung wegen tödlichen Verkehrsunfalls mit Fahrerflucht und ließ sich dann mit der Kriminalabteilung verbinden, wo er seinen Bekannten Walter Alge von der Spurensicherung fragte, ob er Zeit und Lust hätte, sich diese Sache anzusehen. Es war ein Gefallen, um den er da bat, denn eigentlich war die KA nicht zuständig. Alge war ausnahmsweise nicht ausgelastet und zeigte sich bereit, dem jungen Kollegen zu helfen.

„Wir haben drei ausgemacht“, sagte Natter, als Giesinger um fünf vor drei neben dem Bus der Spurensicherung bremste.

„Weiß ich doch“, erwiderte Alge gut gelaunt. „Aber die Burschen waren schon da, und ich dachte, du kannst vielleicht ein paar Minuten früher kommen.“

Die *Burschen* waren ein älterer und ein junger Mann mit wettergegerbten Gesichtern, die bereits zu mähen begonnen hatten. Die Beamten gingen langsam hinter ihnen her und sammelten aus dem gemähten Gras auf, was da so nach und nach zum Vorschein kam.

Es war nicht wenig: Abfälle aller Art. Umweltschutz hin oder her, die Mehrzahl der Bevölkerung schmiss offensichtlich nach wie vor alles in den Straßengraben.

Außerdem wimmelte es von kleinen Tieren. Was auch immer die Beamten anfassten, sofort sprangen mit einem Knackgeräusch Heuschrecken weg oder seilten sich Spinnen ab. Dazu mussten die Gendarmen Fliegen, Mücken und Bremsen verscheuchen.

„Ich komme mir vor wie bei der Seeputzete", sagte Alge mit einer Konservendose in der Hand.

„Bei was?"

Alge fiel ein, dass Natter nicht wie er am Bodenseeufer wohnte. „Es gibt eine jährliche Aktion zur Reinigung des Bodenseeufers durch Freiwillige. Ich tu da immer mit. Daran erinnert mich das hier, vom frischen Geruch des Grases mal abgesehen."

Sie warfen den Müll auf einen Haufen. Bisher war nichts Brauchbares aufgetaucht, aber sie hatten auch gut fünfzehn Meter vor der Stelle, wo der Tote gelegen hatte, mit ihrer Suche begonnen.

Als sie ungefähr auf der Höhe des Leichenfundes waren, tauchten Splitter von Spiegelglas auf. Alge sammelte sie sorgfältig ein und gab sie vorsichtig in einen Plastiksack. „Das könnte hinhauen", sagte er. „Sieht nach Resten von einem Jeep-Außenspiegel aus. Passt gut in deine Theorie."

Sie suchten weiter. Als nächstes interessantes Objekt zwischen gebrauchten Präservativen, Papiertaschentüchern und ähnlichem Abfall fand sich ein zweimal zerrissener Bausparvertrag.

„Der liegt höchstens seit gestern hier", sagte Alge. „Außer etwas Morgentau hat er noch keine Flüssigkeit gesehen. Wer wirft einen nicht abgelaufenen Bausparvertrag weg?"

„Ein Besoffener", erwiderte Natter, „ein Besoffener, der in diesem Fall wahrscheinlich" – er setzte die Papierstücke wie ein Puzzle zusammen – „Ernst Niedermayer heißt."

Sie suchten weiter, fanden aber nichts weiteres, was für den Fall irgendwie brauchbar aussah.

„War's das, oder braucht ihr den anderen Straßenrand auch noch?" fragte der jüngere Mäher.

„Danke, ich glaube, wir haben schon gefunden, was wir suchten", sagte Natter. Die Mäher setzten sich in ihren Mitsubishi und fuhren weg.

„Hast du Zeit für ein Bier?" erkundigte sich der Spurensicherer.

„Im Dienst?"

Alge lachte. „Ich muss dich eh zum Posten zurückbringen. Ich weiß ein nettes Gasthaus auf dem Weg."

Als er das Lokal sah, fragte sich Natter, was daran *nett* sein sollte, aber er sprach seine Zweifel nicht aus. Man konnte in einem kleinen Gastgarten sitzen. Dort wurde man von fetten Rinderbremsen mit schillernden Kugelaugen attackiert, die von einer Kuhweide hinter dem Haus herüberflogen und ausgeprägten Appetit auf Menschenblut hatten. Da sie viel langsamer als Fliegen waren, konnte man sie leicht erschlagen, wenn man sie rechtzeitig entdeckte.

„Willst du immer noch zur Kriminalabteilung?" fragte Alge.

„Auf lange Sicht auf jeden Fall", erwiderte Natter. „Und nicht zur Spurensicherung oder zum Branddezernat, sondern gleich zu den *Mördern.*" Das war interner Jargon für die Abteilung *Leib und Leben.*

„Ist auch nicht interessanter als die anderen Abteilungen, bloß grausiger."

„Trotzdem. Die kleinen Betrüger und Hühnerdiebe und andere solche Typen interessieren mich nicht, aber gegen Mörder und Totschläger muss man was tun", sagte Natter.

Alge unterdrückte ein Lächeln und zerquetschte sorgfältig eine Bremse, die er von seinem Handgelenk gepflückt hatte. Aus dem Insekt trat so viel frisches rotes Blut aus, dass man sah, dass es sich gerade vollgesogen haben musste.

„Sauviech, verdammtes! Ob die nicht AIDS übertragen können?“

„Von den Kühen?“

Alge sah sein Gegenüber an, bis er erkannte, dass die Frage ernst gemeint war.

„Nein, von einem AIDSler natürlich. Die sticht erst den und steckt dann ihren Rüssel mir rein. Der Stechrüssel von dem Biest ist keine Einwegspritze.“

„In den Zeitungen stand jedenfalls, Mücken könnten das Virus nicht übertragen.“

„Na, wenn es in den Zeitungen steht, muss es ja wahr sein. Hast du schon eine Pressemitteilung über den Unfall gemacht?“

„Mit Zeugenaufruf, klar. Heute Vormittag.“

„Wahrscheinlich hast du mit diesem Niedermayer eh schon den Täter.“

„Warum macht der so was? Ich meine, warum wirft er den Bausparvertrag weg?“

„Frag ihn selber.“

„Mach ich. Sobald wir ihn haben.“

Natter zögerte eine Weile, dann erzählte er Alge von der Motorradstreife.

„Das müssen die *Zwillinge* gewesen sein“, meinte Alge. „Als Vollidioten in weitem Umkreis bekannt. Können zwar gut Motorrad fahren, sonst allerdings nichts. Wenn’s nach mir ginge, würden solche Typen nicht eingestellt oder bald wieder geschasst.“

„Das sind richtige Zwillinge?“

„Ja, eineiige, aber man weiß nicht, welcher von beiden das Ei hat.“

Natter starrte ihn an.

„Das war ein Witz“, sagte Alge schließlich.

„Fast so gut wie der von denen."

Alge hatte den Witz mit den Kühen gar nicht so übel gefunden, aber natürlich nicht gelacht, als Natter erzählte, wie er beleidigt worden war.

„Na schön", sagte er. „Bei mir ist es immer besser, du lässt ein paar Witze zusammenkommen und lachst dann einmal für alle ... Sie sind keine echten Zwillinge, wir nennen sie bloß so, weil sie gern zusammen fahren und weil sie gleich aussehen, wenn sie ihre Sonnenbrillen aufhaben. Sie heißen Lenz und Schiller."

„Zwei Arschgesichter", murmelte Natter. „Gleichen sich wie eine Arschbacke der anderen." Er trank aus. „Ich muss zurück zum Posten."

Er zahlte die ganze Zeche. Alge protestierte nicht einmal pro forma, schließlich wussten beide, dass er Natter einen Gefallen tat mit seiner Spurensicherung.

Zuerst sah es so aus, als sei Ernst Niedermayer nicht leicht aufzutreiben. Seine Adresse stand zwar auf dem Bausparvertrag, aber in seiner Wohnung war er nicht. Der Arbeitgeber war bald eruiert. Dieser Mann, ein Gastwirt und Diskothekenbetreiber, konnte nur sagen, dass der Kellner Niedermayer seit zwei Tagen nicht an seinem Arbeitsplatz erschienen war. Da er ihn erst vor Kurzem eingestellt und in diesen wenigen Tagen als unzuverlässig einzuschätzen gelernt hatte, fand er daran nichts Besonderes.

„Hat er ein Auto?"

„Einen alten Daihatsu-Jeep."

„Trinkt er?"

„Der Jeep säuft sicher eine Menge Sprit."

„Ich lass ein paar Schmäh zusammenkommen und lach' dann einmal für alle", sagte Natter, der sich Alges Spruch gemerkt hatte und sich freute, ihn so schnell anbringen zu können. „Also: Trinkt der Mann?"

„Noch mehr als der Jeep, glaube ich. Ich hätte ihn sowieso bald auf die Straße gesetzt, wenn er sich nicht selbst verzogen hätte. Er trank während der Arbeit ein Viertel nach dem anderen. War zwar ein geübter Säufer, sodass man es ihm nicht anmerkte, aber ich kann so jemanden nicht brauchen. Wir spielen hier nicht *Dinner for one*, wenn Sie wissen, was ich meine."

„Wo könnte er sein? Hat er Verwandte oder Bekannte, von denen Sie wissen?"

„Weiß ich nicht. Hab ihn in den paar Tagen nie mit jemandem gesehen, auch nicht mit 'ner Frau."

„Wenn er wieder auftaucht, rufen Sie uns sofort an."

Noch am späten Nachmittag ließ Natter die Fahndung nach dem Mann und nach einem Jeep oder jeepähnlichen Fahrzeug mit beschädigtem Seitenspiegel hinaus. Damit war vorläufig alles getan, was in der Sache unternommen werden konnte. Natter erledigte noch, was am Dienstende so anfiel: füllte die Dienstvorschreibung aus, nahm die Austragung im Fahrtenbuch vor, verabschiedete sich von Giesinger, der auf den Computer einhackte, und ging zu seinem Auto.

Er fuhr zu einem Supermarkt und kaufte Katzenfutter. Daheim parkte er vor dem Haus. Natter hatte mit etwas Glück eine zwar bescheidene, aber auch billige Wohnung in einem kleinen alten Bauernhaus an der Peripherie von Lustenau gefunden. Er wohnte ebenerdig, im ersten Stock hatte ein Amateurmaler eine Art Atelier eingerichtet. Manchmal zogen Farbgerüche herunter und stiegen Natter unangenehm in die Nase. Der Besitzer des Hauses, ein Programmierer, wohnte im Ortszentrum, war aber den größten Teil des Jahres in den USA. Natter blieb also die meiste Zeit völlig ungestört. Er achtete nicht auf die teilweise schiefen Wände, den rohen und unebenen Holzfußboden und den verwilderten kleinen Garten neben dem Häuschen. Er hatte an seinen vorigen Dienstorten schon viel schlechter gewohnt.

Sein Haustier, ein großer gefleckter Kater, den er aus dem Tierheim geholt und mangels einen besseren Einfalls *Garfield* genannt hatte, erwartete ihn in denkbar schlechter Laune. Er stieß ständig jenes gepresste heisere Quäken aus, das er statt Miauen als einzige Lautäußerung neben Fauchen hervorbrachte, während er mit funkelnden grünen Augen zusah, wie Natter die Dosen auspackte, nach dem Öffner suchte und schließlich den Inhalt einer Konserve auf einen Teller schüttete.

Der Gendarm stellte dem Kater das Fressen hin. Er lehnte mit verschränkten Armen am Küchenschrank, während das Tier seinem Namen alle Ehre machte und gierig das Fleisch in sich hineinschlang. Der Doseninhalt war in kürzester Zeit weggeputzt. Es kam schon fast an jenes *Schlupp!* hin, mit dem der Comic-Garfield sich die Lasagne ins Gesicht klatscht.

Danach ging es allerdings anders weiter als in dem Strip. Natters Garfield schnüffelte an dem sauber geleerten Teller, schaute dann Natter an und trottete eine Weile mit halb aufgerichtetem Schwanz in der Küche hin und her, bis er stehenblieb, würgte und das ganze soeben hinuntergeschlungene Fressen wieder auskotzte.

„Mein Gott, Garfield“, sagte Natter. „Was bist du nur für ein Arschloch!“ Die Katzenkotze stank sauer, obwohl das Fressen nur ganz kurz in Garfields Innerem gewesen war. Mit der Kotzerei ging das nun schon eine ganze Weile, ohne dass das Tier sichtbar abgenommen hätte. Vermutlich stellte Garfields Bulimie-Nummer irgendeine für Katzenkenner klar entschlüsselbare Botschaft dar, aber Natter war nicht der Mann, der mit seinem Haustier einen Katzenpsychiater aufgesucht hätte.

Der Gendarm wischte mit Küchenkrepp den Dreck zusammen, wobei er die Luft anhielt, und entsorgte ihn gleich in die Biotonne, hundert Meter die Straße hinauf. Der Kater lief hinter ihm her, um zu sehen, was er machte. Vielleicht ernährte sich Garfield von den Ratten, die dank dieser Biotonnen in den letzten Monaten vermehrt aufgetaucht waren. Die Kotze enthielt geheime Lockstoffe, die die dicksten Ratten mit fettmarmoriertem, zartem Fleisch anlockten ... Natter schüttelte sich bei dem Gedanken und beim Anblick des üblichen Madenrennens von den Abfällen zum Tonnenrand hinauf.

Während Garfield draußen blieb, kehrte Natter in die Wohnung zurück und schrubbte zuerst den Boden, dann wusch er sich sorgfältig die Hände. Er war kein Sauberkeitsfanatiker, aber geruchsempfindlich.

Sein eigenes Abendessen bestand aus Wurst, Käse und Brot, wozu er ein Bier trank und eine Fernsehserie auf RTL anschaute. Die Katze schlich quäkend um ihn herum, aber er beachtete sie nicht.

Jetzt galt es nur noch, den Abend totzuschlagen. Natter war müde, aber doch nicht so, dass es nur noch zum Fernsehen reichte. Er zog sich um, holte sein Rennrad aus dem Holzschuppen und fuhr auf Nebenwegen nach Bregenz.

Er hatte auf dem betonierten Strandweg, unter dem die Pipeline die Bregenzer Bucht entlanglief, nach Lochau fahren wollen; aber es war an einem Abend wie diesem einfach nicht zu schaffen. Auf dem schmalen Streifen wimmelte es so von Badenden und Spaziergängern, Pennern und Radfahrern, dass an richtiges Fahren nicht zu denken war. Mit etwas Disziplin hätten alle Platz gefunden, aber die meisten Leute verhielten sich so, als seien sie allein auf der Welt. Natter warf nach den ersten zweihundert Metern das Handtuch, drehte um und fuhr über die Bahngeleise stadteinwärts.

Ein paar Minuten später hielt er vor einem Ziel, das er eigentlich heute Abend nicht im Sinn gehabt hatte. Er kettete das Rad an ein massives Stahlgeländer und ging über die Straße auf den Club *Gurbet Spor ve Kültür Dernegi* zu, hinter dessen vorhanglosen Fenstern man Männer in einem bescheiden eingerichteten Raum Tee trinken sah.

Als Natter eintrat, verstummten die Gespräche. Wer mit dem Rücken zum Eingang saß, drehte sich um.

Ein vollbärtiger Mann, der trotz der Hitze eine gestrickte Rundmütze trug, stand auf und sagte zu Natter verhältnismäßig freundlich, aber mit einer abweisenden Gebärde: „Privat! Das hier ist ein Club. Hier gibt es nichts zu essen. In der nächsten Parallelstraße ist ein sehr gutes türkisches Lokal."

„Ich weiß", sagte Natter. „Ich suche meinen Freund Erol Kurban. Ist er nicht da?"

Kurban kam im selben Augenblick aus einem der hinteren Räume.

Natter sagte: *„Merhaba!"*

Kurban erwiderte: *„Merhaba. Hoş geldin!"*

„Hoş bulduk!"

Sie umarmten sich. Die Männer an den Tischen widmeten sich wieder ihren vorigen Beschäftigungen. Erol Kurban war nicht nur einer der wenigen seriösen Dolmetscher, sondern auch ein bekannter Boxer. Man akzeptierte, dass ihn von Zeit zu Zeit Fremde im Club aufsuchten.

„Komm, wir gehen nach nebenan", sagte er.

Der nächste Raum war genauso bescheiden eingerichtet – kleine Tischchen, unterschiedliche Stühle, ein Bild von Özal Turgut neben einem von Atatürk, darüber die Fahne. Diese Dinge hingen in jedem Raum an der Wand. In der Ecke saßen zwei alte Männer und spielten *Tavla*.

Kurban bestellte Tee, nachdem er Natter gefragt hatte, ob er Raki trinken wolle und dieser verneint hatte. Ein junger Mann brachte zwei Gläser, in denen Teebeutel hingen. Kurban zuckte die Achseln, als er bemerkte, dass Natter die Teebeutel kritisch ansah. „Es geht alles in diese Richtung", sagte er. „Wenn du einen türkischen Kaffee willst, kriegst du ihn eher in einem Café in der Fußgängerzone als in einem unserer Lokale. Den letzten richtigen *Çay* hab ich letztes Jahr im Vogelbasar in Istanbul getrunken."

„Und die da draußen? Was sind das für welche?"

„Wer denn?"

„Der mit der Mütze an dem Tisch mit den Vollbärtigen zum Beispiel. Der mir gleich sagte, hier sei alles privat."

Kurban runzelte die Stirn. „Das sind unsere Islamisten. Der mit der Mütze ist ein Hodscha und ein schrecklicher Wichtigtuer. Die anderen sitzen da und hängen an seinen Lippen. Es sind noch wenige, aber es werden immer mehr. Sie erzählen dir ständig von Ägypten, Algerien und vom Iran, wenn du ihnen überhaupt zuhörst."

„Und die versammeln sich genau unter dem Bild von Atatürk!"

Kurban lächelte. Über dieses Thema hatten sie sich früher schon unterhalten. Atatürk war immer noch eine unbestrittene Autoritätsfigur. Seine Maßnahmen zur Trennung von Islam und Staat – die freilich dem Wesen des Islams widersprachen – gerieten jetzt mehr und mehr in Vergessenheit.

Natter rührte Zucker in seinen Tee und kostete. Dann erzählte er Kurban von seinem Dienst. Sie hatten ein stillschweigendes Abkommen, bestimmte Themen auszusparen. Natter sagte oder fragte niemals etwas, was man so verstehen konnte, als bitte er um eine dienstlich verwendbare Information über Kurbans Landsleute. Er wusste nicht einmal, ob es Kreise gab, die Kurbans Freundschaft mit einem österreichischen Gendarmen scheel ansahen. Die beiden waren freilich alte Freunde, aus einer Zeit, da Natter noch nicht gewusst hatte, welchen Beruf er später ausüben würde.

Kurban erzählte von den letzten und den nächsten Kämpfen. Er kämpfte bei den Dornbirnern, in einer Amateurstaffel, die in den letzten Jahren die meisten Begegnungen mit anderen Boxclubs gewonnen hatte. In ein paar Tagen stand eine tschechische Mannschaft auf dem Programm.

„Bin neugierig, wie die sind“, sagte Kurban. „Früher hat man die Ost-Sportler hoch eingeschätzt, aber mit denen, gegen die wir bisher gekämpft haben, hatten wir keine besonderen Probleme.“

Natter sagte, er werde sich den Kampf anschauen, wenn es sich ausginge. „Und wir spielen auch mal wieder“, sagte er mit einer Kopfbewegung zu den beiden alten Männern hinüber, deren Würfel auf dem Tisch klackten.

„Klar“, sagte Kurban. „Komm einfach vorbei. Lass dich nicht von den Bärtigen abschrecken. Sie bellen zwar, aber noch beißen sie nicht.“

Sie umarmten sich. Kurban ging mit ihm zur Tür. Natter grüßte erst seinen Freund mit *„Hadı eyvallah!“* und dann die Islamisten mit einem lässig hingesagten *„Ala'smarladık“* (das war idiomatisch, wer Türkisch genau nach dem Lehrbuch sprach, würde *Alah'a ısmarladık* sagen). Trotz ihrer Überraschung antworteten sie alle korrekt: *„Güle güle.“*

Während Natter mit dem Rad heimfuhr, dachte er über das *noch* in Kurbans Satz vom Bellen und Beißen nach.

3

„Der Chef will dich sofort sehen, mit Betonung auf *sofort*“, sagte Giesinger, als Natter am Morgen die Wachstube betrat.

„Chef?“ sagte Natter, nachdem er an die Tür zum Büro des Postenkommandanten geklopft und sie vorsichtig geöffnet hatte.

„Mach die Tür zu und setz dich hin.“ Sieber war wirklich schlechter Laune. „Schon gesehen?“

„Was gesehen?“

„*Cowboy Joe*?!?“

Natter musterte den Postenkommandanten. Als dieser sah, dass Natter nicht verstand, nahm er eine Zeitung aus der Schublade und klatschte sie auf den Tisch.

Ah! Es war Mittwoch. Das *Mittwochblatt*, die Zeitung mit dem besonders engen Horizont.

Sieber blätterte, schlug mit der Hand auf die geöffneten Seiten und warf Natter die Zeitung hin. Er hatte eine Glosse rot angestrichen.

Ein glückloser Cowboy

Zwar sehen unsere Helden des Alltags in ihren grauen Uniformen fleißig TV, wenn sie ihre langen Abende in den Wachstuben verbringen müssen, und da befindet sich sicher so mancher Western darunter, aber als Schulungsprogramm reicht das offenbar doch nicht aus. So musste man jüngst mitansehen, wie ein wackerer Gendarm, dessen Dialekt vermuten hätte lassen, dass er sich mit Kühen auskennen müsste, sich vor schreckgeweiteten Kinderaugen vergeblich bemühte, eine Kuh zu füsilieren. Der Revierinspektor, der Johann N. heißt, den wir hier der Einfachkeit halber aber bloß Cowboy Joe nennen wollen, ballerte zwar drauf los wie Buffalo

Bill und richtete auch ein Blutbad an wie dieser, aber mit erheblich weniger Ergebnis: Die Kuh hätte sich für ihr letztes Stündlein sicher eine bessere Schießausbildung von Cowboy Joe gewünscht.

Natter las den Abschnitt zweimal aufmerksam durch, dann sah er den Postenkommandanten Sieber an.

„Und?“ sagte der.

„Was und?“

Sieber verdrehte die Augen. „Ja – was fällt dir dazu ein?“

„Woher kennt der Zeitungsschmierer meinen Namen?“

Das interessierte Sieber überhaupt nicht. „Was ich wissen möchte, ist, warum du vor den Augen eines Journalisten drei Kugeln für eine Kuh brauchst? Warum du überhaupt die Kuh erschießen musst? Der Bauer wird Schadenersatz verlangen!“

„Elftausend Schilling“, sagte Natter.

Sieber nickte. „Das ist der Höchstbetrag, den die Versicherung für eine Kuh zahlt. Aber darum geht es nicht. Du weißt, was für eine Presse wir bei so was kriegen. Wenn schon ein Journalist herumsteht, dann hält man sich eben ein bisschen zurück.“

Natter spürte die Wut in sich aufsteigen. „Dem Vieh hing der Darm heraus. Es brüllte die ganze Zeit. Hätte ich es vielleicht erwürgen sollen? Der erste Schuss ging genau ins Hirn, ich weiß nicht, warum die Kuh nicht sofort tot war. Außerdem wird das alles in meinem Bericht stehen. Ich habe mich völlig korrekt verhalten, der Journalist, der sich übrigens erst vorgestellt hat, als alles vorbei war, hat eine verzerrte Optik. Woher weiß er überhaupt, wie ich heiße?“

„Weiß ich nicht. Vielleicht kennt er dich von einer anderen Sache. Hier auf dem Posten hat er jedenfalls nicht angerufen, wenn du das meinst. Wirst du die drei Kugeln verrechnen?"

„Natürlich. Soll ich nicht?"

„Wie du meinst." Jetzt klang der Postenkommandant beleidigt. Schließlich konnte er Natter nicht empfehlen, die Patronen wie alle anderen beim nächsten gemeinsamen Schießen beiseite zu schaffen.

Natter wollte schon gehen, als Sieber sich erinnerte: „Etwas anderes: Hinten im Büro schläft ein Besoffener seinen Rausch aus. Forcher ist bei ihm. Der Mann ist heute Nacht im Ried aufgelesen worden, in einem Auto, sternhagelvoll. Wir haben ihn hier, weil er dich interessieren müsste, zumindest nach dem, was ich im Protokollbuch gelesen habe."

„Warum?"

„Er heißt Ernst Niedermayer. Und bei seinem Jeep ist der rechte Außenspiegel demoliert."

Der Betrunkene war ein kleiner, rattenhafter Mann mit strähnigem, blondem Haar. Er lag schnarchend auf der Bank, Forcher, der jüngste Beamte des Postens, saß neben ihm, weil man keinen Festgenommenen allein lassen durfte, und las in einem *Fix-und-Foxi*-Heft, das er schnell verschwinden ließ, als Natter eintrat. Niedermayer wachte widerwillig auf, als Natter ihn an der Schulter packte und rüttelte. Nach einem großen Becher schwarzen Kaffees war er sogar mehr oder weniger vernehmungsfähig. Forcher fragte, ob er dabeibleiben sollte, aber Natter schickte ihn weg. Für die *Guter-Bulle-Böser-Bulle*-Routine war Forcher noch nicht zu gebrauchen.

Die Vernehmung ergab nicht viel.

„Ich kann mich an überhaupt nichts erinnern", behauptete Niedermayer. „Habe einen totalen Filmriss. Das passiert mir von Zeit zu Zeit. Ich hab am Samstag – oder war es am Sonntag? – zu trinken begonnen, aber was dann war ... Ich war da und dort, eigentlich in jedem Gasthaus, an dem ich vorbeigekommen bin und das offen hatte, aber Genaueres ... weiß ich einfach nicht mehr."

„Und Sie fahren in diesem Zustand Auto?"

Niedermayer zuckte die Achseln. „Weiß ich nicht. Ich sage Ihnen ja, ich kann mich nicht erinnern."

„Man hat Sie in Ihrem Daihatsu-Jeep gefunden."

„Steckte der Schlüssel überhaupt? Soviel ich weiß, ist es nicht verboten, in einem Auto zu schlafen. Weisen Sie mir nach, dass ich fahren wollte oder dass ich gefahren bin. Wie soll ich gefahren sein? Mittels Autopilot?"

„Sie sagten vorhin, Sie seien in jedem Gasthaus unterwegs eingekehrt. Sind Sie da von einem zum anderen gefahren?"

„Weiß ich nicht. Vielleicht ist jemand anderer gefahren, das hab ich bei früheren Touren auch schon gemacht, jemanden gebeten, mich mit meinem Auto wohin zu fahren. Aber ich kann mich nicht erinnern. Das Wochenende ist ein schwarzes Loch."

„Ist das Ihr Bausparvertrag?"

Niedermayer sah die Papierfetzen aus geröteten Augen an.

„Sieht so aus."

„Warum haben Sie ihn zerrissen?"

Der Alkoholiker machte den müden Versuch eines Grinsens. „Glauben Sie, dass ich mich ausgerechnet daran erinnern kann? Vermutlich ging mir die Vorstellung, noch jahrelang auf das Geld warten zu müssen, auf den Keks. Ich hab schon öfters etwas kaputtgemacht, wenn ich besoffen war."

„Sind Sie sich darüber im Klaren, dass wir zumindest einen Teil Ihrer Route sicher rekonstruieren können? Ein paar Wirte oder Bedienungen erinnern sich bestimmt an Sie, so wie Sie beisammen waren."

„Mann, tun Sie, was Sie nicht lassen können, aber erlauben Sie mir, mich wieder hinzulegen, mir ist nämlich speiübel."

„Wollen Sie noch einen Kaffee?"

„Ein Bier wär mir lieber, dann wird mir vielleicht besser."

„Bier kann ich Ihnen keines geben."

Mit dem Mann war nichts anzufangen. Da ihm mit zunehmender Ausnüchterung immer schlechter wurde, wollte er auch nicht mehr reden.

Natter fragte ihn, ob er irgendwelche Schäden am Auto hätte. Niedermayer fragte zurück, ob denn das Auto kaputt sei. Natter sagte, er meine, ob er *vor* seiner Sauftour Schäden am Auto gehabt habe. Niedermayer verneinte. Natter fragte, wieso er einen beschädigten Seitenspiegel hätte. Niedermayer sagte, diesen Schaden habe er schon so lange, dass er gar nicht mehr an ihn gedacht hätte.

Der Gendarm eröffnete dem Verhörten schließlich, dass er im Verdacht stand, einen tödlichen Unfall verursacht und Fahrerflucht begangen zu haben. Niedermayer zuckte nur die Achseln.

„Daran könnte ich mich erinnern, glaub' ich. Da wird man doch schlagartig nüchtern, wenn man jemanden niederbügelt. Ich hab aber nichts bemerkt davon. Also bin ich's nicht gewesen, denke ich. Weisen Sie mir's nach, aber lassen Sie mich bitte jetzt in Ruhe. Kann ich nicht gehen? In der Zeitung heißt es immer: *auf freiem Fuß angezeigt*."

„Sie bleiben vorläufig hier, schließlich sind Sie festgenommen worden. Der Gendarm, der Sie im Auto gefunden hat, hat die Festnahme ausgesprochen", sagte Natter.

„Kann schon sein, weiß ich nicht. Irgendwann ist der Faden gerissen, bis Sie mich vorhin geweckt haben."

Natter wollte gerade den Richter anrufen, um die U-Haft verhängen zu lassen, als Giesinger ihm den Hörer des Telefons hinhielt.

„Da ruft einer auf den Presseaufruf hin an."

Natter nahm den Hörer und meldete sich.

Der Anrufer war ein junger Wichtigtuer, der darauf brannte, seine Geschichte mit allen Details loszuwerden. Natter überwand seinen anfänglichen Widerwillen gegen das eifrige Geschwätz des Mannes, als er verstand, was der Zeuge hervorsprudelte: Er hatte am Samstag Autostopp gemacht und war vom Fahrer eines Pritschenwagens, auf dem eine Leiter montiert war, mitgenommen worden. Kaum war er eingestiegen, merkte er, dass die Luft im Führerhaus hochgradig mit Alkohol geschwängert war. Der Fahrer war so betrunken, dass er zeitweilig Schlangenlinien fuhr. Der Stopper begann sich zu fürchten und stieg weit vor seinem eigentlichen Ziel aus. Der Pritschenwagen fuhr weiter, und zwar in die *richtige* Richtung für Natters Fall.

„Wissen Sie, wer der Fahrer war?"

„Nein, ich habe versucht, mich mit dem Mann zu unterhalten, aber der lallte ja schon mehr als er reden konnte, und außerdem ..."

„Wissen Sie die Firma, für die gefahren wurde?"

„Ich weiß sogar die Nummer. Ich hab' mir gedacht, wenn da nur nicht etwas passiert, deshalb hab' ich mir die Nummer des Wagens gemerkt. Eh ein Firmenkennzeichen: ROHR 3. Der Fahrer könnte der gewesen sein, den Sie suchen, so gemein, wie der aussah! Da hab ich eine Nase dafür! Das war so ein ganz brutaler Kerl, das sah man ihm gleich an. Das ist sicher der, den Sie suchen, oder? Soll ich auf dem Posten vorbeikommen, ich hätte heute Nachmittag Zeit ...“

„Die Nummer genügt mir vorläufig schon. Wenn ich Sie brauche, rufe ich zurück. Möglicherweise werden Sie auch später vor Gericht als Zeuge aussagen müssen.“

Der Wichtigtuer war von dieser Aussicht ganz begeistert. Natter legte auf und wählte neu. Fünf Minuten später hatte er den Firmennamen. Es war eine Installateurfirma in unmittelbarer Nähe.

„Ich fahre sofort hin“, sagte er zu Giesinger.

„Was ist mit dem Niedermayer?“

„Festhalten. Die 48 Stunden sind noch lange nicht um. Aber das mit der U-Haft lassen wir erst mal, dieser neue Hinweis sieht ziemlich gut aus.“

Als Natter eine Viertelstunde später über den Hof der Installateurfirma fuhr, sah er einen braungebrannten, blonden Mann um die Vierzig ins Personalbüro gehen, der ihm verdächtig vorkam, ohne dass er dafür einen besseren Grund hätte nennen können, als dass der Mann dem Typus des Gelegenheitskriminellen perfekt entsprach – mochten auch die Polizeipsychologen behaupten, dass es einen solchen Typus gar nicht gab. Der Mann bemerkte den Gendarmen und hatte es noch eiliger als zuvor.

Daraufhin fuhr Natter eine Schleife und hielt direkt vor der Tür, über der *Personalbüro* stand. Er stieg aus dem Auto und beeilte sich, dem Verdächtigen zu folgen. Von dem Gang hinter der Tür zum Hof gingen zwei weitere Türen ab. Natter öffnete die erste, ohne anzuklopfen. Hinter einem Schreibtisch saß ein junges Mädchen, rechts davon stand der Mann, hinter dem Natter her war. Als er die Uniform sah, machte er einen Schritt zur Tür hin, vor der Natter stehengeblieben war.

„Wer sind Sie? Wie ist Ihr Name?“ sagte Natter.

„Geht dich nix an“, erwiderte der Mann frech.

„Kommen Sie mir nicht blöd“, sagte Natter scharf. „Wie heißen Sie?“

„Ich sag nix.“

„Die Mutter vom Herrn Pöckinger ist gestorben“, sagte das Mädchen unaufgefordert. „Er will für drei Tage heimfahren.“

„Kusch“, sagte der Mann zornig zu der Sekretärin.

„Also Pöckinger. Und wie weiter?“

Der Mann wechselte seinc Taktik. „Ich hab nix gemacht, Herr Inspektor, ich habe auch nix zum Sagen. Lassen S’ mich in Ruh’, wegen mir sind Sie sicher nicht hergekommen.“

„Ich lasse Sie keineswegs in Ruh’, wir klären die Sache gleich jetzt ab. Sie geben mir erst einmal Ihre sämtlichen Daten.“

„Sie können mir gar nichts tun, Sie können mich nicht festhalten, Sie haben ja gar keinen Haftbefehl! Oder zeigen Sie mir den mal!“

Damit stand für Natter fest, dass der Mann ein Krimineller war. Immer kamen solche Typen mit diesem Schmäh.

„Da irren Sie sich, ich brauche keinen. Sie sind hiermit vorläufig zur Identitätsfeststellung festgenommen.“

Durch eine Hintertür trat ein älterer Mann ins Zimmer, der überrascht die Szene betrachtete.

„Pöckinger, haben Sie schon wieder Schwierigkeiten mit den Behörden?“ sagte er dann.

„Aber Herr Personalchef, der Inspektor ist doch nicht wegen mir da, das ist nur ein Zufall. Ich wollte bloß melden, dass meine Mutter gestorben ist und dass ich deswegen drei Tage frei nehmen muss.“ Er sah abwechselnd den Personalchef und den Gendarmen an.

„Ich muss ja zur Beerdigung“, fügte er treuherzig hinzu.

„Jetzt bleiben Sie jedenfalls noch einen Moment da. Sie sind vorläufig festgenommen. Haben Sie mich verstanden? Ich nehme Sie vorläufig fest!“ Natter wandte sich an den Personalchef: „Ich muss wissen, welcher Fahrer am Samstagnachmittag mit einem Pritschenwagen Ihrer Firma unterwegs war.“ Natter nannte die Kfz-Nummer.

„Das können eigentlich nur Sie gewesen sein, Pöckinger“, sagte der Personalchef, ohne nachzusehen.

„Nein, ich war am Samstag überhaupt nicht weg“, widersprach Pöckinger sofort. „Da hab ich den ganzen Nachmittag hinten im Lager zu tun gehabt.“

„Das lässt sich alles überprüfen“, sagte der Personalchef. Er setzte sich an einen Computer und begann einzutippen.

„Da, sehen Sie“, wandte er sich an Natter und wies mit dem Zeigefinger auf den Bildschirm. Natter trat vor, um einen Blick auf den Schirm zu werfen.

Pöckinger war sofort bei der Tür draußen.

„Scheiße“, sagte Natter ohne Rücksichtnahme auf die Sekretärin und rannte hinterher.

Der Verdächtige spurtete über den Hof. Es sah aus, als liefe er einfach ziellos davon. Jedenfalls versuchte er, Natter durch Schnelligkeit abzuhängen. Der Gendarm war durch seine Koppel einigermaßen gehandicapt, setzte aber hinterher, wobei er sich verfluchte, dass er Giesinger nicht mitgenommen hatte.

Es zeigte sich aber, dass er die längeren Beine und die bessere Kondition hatte. Pöckinger schaffte es aus dem Hof hinaus und auf die Straße, aber nach weiteren zwanzig Metern erwischte ihn Natter und riss ihn zu Boden.

Es war ein kurzer, heftiger Kampf, bei dem der Gendarm empfindlich gegen das Schienbein getreten wurde, aber dann hatte er dem Mann die Handschellen angelegt – auf dem Rücken.

„Scheißkerl", sagte Natter, als er Pöckinger hochzerrte. Pöckinger spuckte ihm auf das Revers. Natter konnte sich gerade noch zurückhalten, ihm eine reinzuhauen. Er stieß ihn vor sich her zum Auto, während er mit einem Papiertaschentuch den Rotz von der Jacke wischte. Inzwischen standen nicht nur der Personalchef und seine Sekretärin, sondern auch ein paar Arbeiter auf dem Hof. Zwei jüngere murmelten etwas, was nach *Schmier* und *Scheißbullen* klang, aber Natter beachtete sie nicht.

„Der Mann ist zur fraglichen Zeit mit dem Wagen unterwegs gewesen?" rief er dem Personalchef zu.

„Allerdings", sagte der. „Und wenn ich mich nicht völlig falsch erinnere, ist seine Mutter laut Personalakt schon vor Jahren gestorben."

„Arschloch!" rief Pöckinger, der offenbar nicht mehr mit seiner Weiterbeschäftigung bei dieser Firma rechnete.

Natter war in einem Dilemma. Er hätte einen zweiten Mann gebraucht, um Pöckinger zu transportieren. Andererseits waren es nur ein paar Minuten bis zum Posten. Darüber hinaus hatte er sehr wenig Lust, hier mit Pöckinger herumzustehen und auf Verstärkung zu warten.

Es ist nicht ganz einfach, jemanden, der nicht einsteigen will, hinten in einen zweitürigen *Golf* hineinzubringen. Natter wusste schon, wie er es anstellen musste, aber er hatte nicht so gerne Zeugen dabei. Andererseits war er ziemlich in Rage und fühlte sich im Recht.

Er hielt mit der einen Hand Pöckinger fest, während er mit der anderen die Beifahrertür öffnete und den Sitz nach vorne klappte. „Nimm mir den *Achter* ab“, sagte Pöckinger. „Ich steig schon selber ein.“ Natter antwortete nicht, sondern packte den Verhafteten an den Handschellen und stieß ihn heftig nach vorn, wobei er ihm das Bein stellte. Der Mann landete mit einem wütenden und überraschten Aufschrei unsanft zwischen den Vorder- und Hintersitzen am Boden, den Kopf hinter dem Fahrersitz. Natter drehte ihm die Beine nach oben und schob den Beifahrersitz so weit zurück, dass Pöckinger in dieser Lage fixiert blieb. Mit den am Rücken gefesselten Händen konnte er nichts tun und brachte auch kein Bein auf den Boden.

Die Arbeitskollegen begannen vernehmlich zu murren, der Personalchef hatte große Augen gekriegt und die Sekretärin war blass geworden.

Natter grüßte alle mit einer knappen Handbewegung und fuhr aus dem Hof hinaus, während Pöckinger eine Flut von Verwünschungen ausstieß.

Das ist ja, als ob mein Arsch reden würde, dachte sich Natter, während er versuchte, nicht hinzuhören, was der Gefangene hinter ihm von sich gab. Das kommt davon, dass es in österreichischen Gendarmerieautos keine Ringe gibt, an denen man die Gefangenen mit Handschellen fixieren kann. In amerikanischen Polizeiwagen ist das eine Selbstverständlichkeit. Aber bei uns gilt das Anketten als *menschenunwürdig*. Deshalb diese würdige österreichische Lösung.

Natter war kein Sadist, aber Pöckinger tat ihm auch kein bisschen leid. Der Mann hatte Dreck am Stecken, sonst wäre er nicht abgehauen, und er hatte ihn getreten und angespuckt. Natter rieb sich das Schienbein, was zur Folge hatte, dass der Wagen unregelmäßig fuhr, weil es der Gasfuß war. Pöckinger fluchte lauter, weil er das Holpern für eine zusätzliche Schikane hielt.

Natter rief über Funk den Posten und sagte Giesinger, er solle ihn unten erwarten. Es war nicht ganz leicht, allein einen widerspenstigen Gefesselten in den *Golf* hineinzuquetschen, aber um ihn herauszuziehen, brauchte es auf jeden Fall zwei Beamte.

Giesinger gab keinen Kommentar ab, schüttelte aber den Kopf, als er Pöckinger hinten im Auto liegen sah. Die beiden Beamten zogen den sich windenden Mann, der eine Flut obszöner Schimpfwörter ausspie, aus dem Wagen und brachten ihn ins Büro.

Diesmal spielten sie die *Guter Bulle-Böser-Bulle*-Routine von Anfang an. Nach dem handgreiflichen Auftakt stand Natters Rolle natürlich schon fest, sodass es Giesinger überlassen blieb, dem Verdächtigen die Handschellen vorne statt hinten anzulegen und ihm später auch eine Zigarette und Kaffee anzubieten.

Pöckinger war ein Steher. Er erklärte zuerst, dass er nichts sagen werde, dass er widerrechtlich festgenommen und brutal misshandelt worden sei, dass er sich beschweren werde bis zum Obersten Gerichtshof hinauf, dass er ein Recht habe, das Begräbnis seiner Mutter zu besuchen und so weiter.

Natter schickte Forcher um die *große Speisekarte*. Als er sah, dass der junge Beamte nicht verstand, erläuterte er ihm: „PF, PI, SA-Anfrage." Das begriff der junge Beamte. PF war die Personenfahndung, PI die Personeninformation und SA die Strafregisterauskunft. Er fragte mittels Computer in Wien an und kam wenig später mit einem Fernschreiben.

„Na servus", sagte Natter, als er die Länge des Fernschreibens sah.

Pöckinger hatte eine ganze Latte von Vorstrafen und Alimentationsschulden. Die Vorstrafen waren hauptsächlich Körperverletzungen.

„Traurig, traurig“, sagte Giesinger. „Und doch ist auch ein Wunder dabei.“

Selbst Pöckinger sah ihn erstaunt an.

„Seine Mutter stirbt schon zum zweiten Mal. Das erste Mal ist sie 1983 gestorben.“

„Leckt’s mich doch am Arsch“, meinte Pöckinger.

„Pack aus“, sagte Natter. „Du reißt doch nichts mehr. Es ist nachgewiesen, dass du zum passenden Zeitpunkt mit dem Auto gefahren bist, und die Spurensicherung findet schon ein paar Fasern oder eine Wischspur oder sonst was an dem Karren. Und du bist dran wegen Totschlags, da ist es besser, wenn du ein Geständnis ablegst, das ist ein Milderungsgrund. Den kannst du bei deiner Vorstrafenlatte gut brauchen.“

„Gar nix is’ mit Totschlag“, sagte Pöckinger. „Das war § 81 StGB, fahrlässige Tötung unter besonders gefährlichen Verhältnissen, Höchststrafe drei Jahre.“

„Da schau, ein Rechtsgelehrter!“ sagte Giesinger unter endgültiger Aufgabe der *Guter-Bulle*-Rolle. „Hab’ ich mir schon gedacht, dass du dich ein bisserl auskennst.“

Das schmeichelte Pöckinger. Wie viele Mehrfachtäter hatte er fragmentarische Rechtskenntnisse und war stolz darauf.

„Für den Schas krieg ich höchstens ein Jahr“, prognostizierte er stolz.

Damit war das Eis gebrochen. Er erzählte fast bereitwillig, dass er mit einer Ecke des Pritschenwagens den „depperten Radfahrer“ gestreift hatte. Er hatte sich nicht weiter um ihn gekümmert, sondern war einfach weitergefahren. Es ließ ihn auch jetzt kalt, zu erfahren, dass der Mann gestorben war. „War ja keine Absicht, und alt war der Trottel auch schon“, meinte er.

Giesinger saß an der Maschine und tippte die Niederschrift. Pöckinger erzählte jetzt bereitwillig, lieferte sogar ein paar Details, die es ihm später schwer machen würden, das Geständnis zu widerrufen, und unterschrieb. Natter rief den Richter an, schilderte ihm die Geschehnisse und brachte ihn dazu, die U-Haft zu verhängen. Niedermayer, der immer noch mit Forcher im Nebenzimmer hockte, wurde auf freiem Fuß angezeigt und konnte gehen. Er ließ keinen Zweifel daran, wohin er ging: In das nächste Gasthaus, um sich volllaufen zu lassen. Pöckinger wurde mit dem Bus von Giesinger und Forcher nach Feldkirch gebracht, wobei ihm als kleiner Bonus für sein Geständnis die Handschellen abgenommen worden waren.

Natter machte mittlerweile schon Überstunden. Er arbeitete an seinen Aufzeichnungen, die er für die Anzeige brauchte, und heftete die PI, die offiziell nicht existierte, an den Durchschlag. Dieses Dossier war nur für den internen Dienstgebrauch bestimmt, konnte vor Gericht nicht verwendet werden und enthielt die gelöschten Strafen, sonstige Wahrnehmungen und andere Polizeiinterna über den Angefragten.

Zuletzt gab er Sieber einen zusammenfassenden mündlichen Bericht über die ganze Angelegenheit.

„Sehr gut“, sagte Sieber widerwillig. Er betrachtete Natter so düster, dass dieser schon darauf wartete, dass er *Cowboy Joe* oder etwas ähnlich Blödes sagen würde. Aber Sieber sagte nichts, jedenfalls nichts in dieser Art.

Er griff zum Telefon, kaum, dass Natter zur Tür draußen war, und wählte die Nummer des Leiters der Kriminalabteilung.

4

Major Michael Jäger betrachtete beim Frühstück seine Füße, die in cremefarbenen Schuhen steckten, mit solcher Bekümmertheit, dass Gerda Moebes lachen musste.

„Also komm schon, Misch, so schlimm ist es ja nun auch wieder nicht! Du schaust drein, als hätten dir die Hühner das Brot weggefressen!"

Jäger schüttelte den Kopf, während er seine Aufmerksamkeit vorübergehend dem Schinken mit Ei zuwandte, den er fast jeden Morgen verdrückte. Er gehörte zur alten Schule der Frühstücker, die die Schädlichkeit von Cholesterin für ein zählebiges Märchen der Margarineindustrie hielten. „Das sind Zuhälterschuhe", sagte er. „Niemand anderer als ein Hurentreiber würde solche Schuhe anziehen. Wahrscheinlich nicht einmal einer von den unseren. Ich denke mehr an einen Schwarzen in Harlem, der dazu einen weißen Seidenanzug und einen weißen Stetson mit violettem Band trägt. Oder vielleicht noch eher Eddie Murphy in einem Film."

Es waren die schönsten Männerschuhe, die Gerda je gesehen hatte, und das hatte sie Jäger auch gesagt. Das Material war so weich wie Handschuhleder, die Form besonders elegant, die Farbe ausgesprochen dezent. Sie stammten aus der Werkstatt von Lorenzo Banfi, und der Meister hatte sich selbst übertroffen. Jäger hatte das Paar vor einigen Jahren in Lindau im Schaufenster eines Schuhgeschäfts gesehen, unverzüglich den Laden betreten, die Schuhe anprobiert und festgestellt, dass sie perfekt passten. Er hatte fast fünfhundert Mark gezahlt und sie gleich angelassen. Die Schuhe, in denen er gekommen war, hatte er in den Kofferraum geworfen und an der Grenze nichts zu verzollen angegeben.

Wenig später musste er daheim feststellen, dass die Schuhe zwar immer noch toll aussahen, dass sie aber zu keinem einzigen Teil seiner Garderobe passten. Und eigentlich passten sie auch nicht zu seinem Typ, fand er mit einer gewissen Bestürzung als nächstes heraus. Er war kein Mann, der sich über Mode Gedanken machte. Die Kleidungsstücke, die er besaß, wiesen alle einen Trend zur englischen Landkleidung auf, stammten aber nicht aus den teuren Fachgeschäften, sondern waren billigere Nachahmungen. Er hatte ein Sakko von DAKS, aber das zog er selten an. Ein paar andere sahen vielleicht auf einige Entfernung so aus, als seien sie von DAKS, und die trug er meistens.

Die Banfi-Schuhe passten da überhaupt nicht dazu. So kam es, dass er die Zedernholzspanner, die noch von seinem Vater stammten, hineinsteckte, die Schuhe in den Kasten stellte und sie dort jahrelang stehen ließ. Ein- oder zweimal ging er doch versuchsweise mit ihnen aus, und obwohl sich natürlich niemand nach ihm umdrehte oder sonst wie auffällig verhielt, hatte er das Gefühl, er sei eine große schwarze Katze mit leuchtend weißen Pfoten und jeder könne das sehen.

Gerda hatte vor ein paar Tagen die Schuhe im Schrank entdeckt und ihn seither gelöchert, er solle sie doch tragen, es sei schließlich schade, sie im Kasten vor sich hingammeln zu lassen. Wann denn, wenn nicht jetzt im Hochsommer, wolle er sie anziehen? Sie passten gut zu dem hellen Leinenanzug, den er neuerdings trug, und so weiter und so fort. Steter Tropfen höhlt den Stein. Heute Morgen hatte sich Jäger zum Nachgeben entschlossen. Schließlich hatte sie ja recht: Es war schade um die Schuhe, wenn er sie nicht anzog.

Und nun hatte er schon wieder das Weiße-Pfoten-Gefühl.

Um sich selbst abzulenken, sagte er: „Heute kommt Cowboy Joe, was soll der sich denken, wenn er mich gleich in Zuhälterschuhen sieht?"

„Dass du nicht ganz so *straight* bist wie der Rest deiner Abteilung", erwiderte Gerda, während sie sich noch ein Zopfbrötchen mit Butter bestrich. Sie mochte am Morgen nichts Schweres essen und war glaubensmäßig im Lager von denen, die die gehärteten Fettsäuren der Margarine für Krebserreger hielten. „Was trägt *er*? Westernstiefel? Wer ist überhaupt dieser Cowboy Joe?"

„Hab' ich dir neulich schon erzählt: ein Gendarm, der uns für drei Monate zugeteilt worden ist. Sein Chef, der Sieber, wollte ihn loswerden, wenigstens für eine kurze Zeit, weil er ihm ständig auf die Nerven geht, und er hofft natürlich, dass Cowboy Joe irgendwann bei uns kleben bleibt. Ich habe mir vom Personalreferenten seinen Akt geben lassen, er muss ein ziemlich komischer Vogel sein."

„Wie heißt er denn richtig?"

„Natter, Johann oder Josef, ich weiß nicht mehr. Muss nochmals nachschauen, bevor er eintrudelt, damit ich ihn nicht falsch anquatsche. Ein Wälder. *Cowboy Joe* nennen sie ihn erst seit Kurzem, weil er nach einem Unfall eine Kuh erschossen hat. Da war irgendein Journalist dabei, der hat gleich eine Story daraus gemacht."

„Deswegen ist einer doch kein komischer Vogel, weil er eine Kuh erschießt."

„Deswegen nicht, aber ich habe auch die Berichte seiner vorigen Postenkommandanten gelesen. In den ersten vier Jahren werden ja ausführliche Beschreibungen gemacht. Zuerst ist Natter mal aufgefallen, weil er auf seine sechs Quadratmeter bestand. Das ist weniger Platz, als die UNO für Gefangene fordert, aber so viel steht einem Gendarmen zu, wenn er seine Unterkunft im Posten nimmt. Das tut natürlich niemand, weil man ihn dann immer für jeden Scheißdienst sofort zur Hand hat. Joe aber schon, der bestand darauf, von der Gendarmerie untergebracht zu werden. Zum Glück hatten sie an seinem damaligen Einsatzort einen muffigen Dachboden, der war acht Quadratmeter groß, da wurde ein Bett reingestellt und Joe pennte dort während seiner ganzen Zuteilung, aus reinem Trotz vermutlich. Außerdem legte er sich mit dem Postenkommandanten an, indem er beharrlich in die Dienstvorschreibung eintrug, er hätte den besoffenen Bürgermeister vom Autofahren abhalten und heimbringen müssen."

Gerda lachte. „Und? Stimmte das nicht?"

„Klar stimmte es. So was kommt in den kleinen Dörfern immer wieder mal vor, aber da schreibt man *Bürgerservice* auf oder höchstens noch *Assistenzleistung für Gemeinde.* Nur Cowboy Joe hatte irgendwie den Drang zur brutalen Ehrlichkeit und wollte immer schriftlich fixiert haben, dass der Bürgermeister jeden zweiten Abend einen Affen hatte. Der Postenkommandant gab ihm die Weisung, das anders zu formulieren, und es gab eine Menge Streit deswegen, bis man den guten Joe schließlich nach Lustenau versetzte, weil man sich dachte, in einem etwas größeren Posten könne er nicht so viel Schaden anrichten."

„Was soll er jetzt bei euch? Ihr erschießt doch auch keine Kühe, oder?"

„Äußerst selten. Ich kann mich jedenfalls an meinen letzten Blattschuss bei einer Kuh gar nicht mehr erinnern. Aber Joe hat auch noch eine andere Seite, er ist nämlich offenbar kein schlechter Gendarm. Er ist uns schon durch *kriminalpolizeiliche Wahrnehmungsmeldungen* aufgefallen, das ist zwar im Grunde Wichtigtuerei, zeigt aber Engagement."

„Worum geht es da?“

„Naja, sagen wir mal, es steht drei Abende lang ein Tanklastwagen in einem Wohngebiet. Die meisten Gendarmen sehen ihn, fahren aber daran vorbei und vergessen die Angelegenheit wieder oder legen sie in einem Winkel im Hirn ab, der eifrige Natter meldet diese Beobachtung aber. Irgendwann mal könnte es ja vorkommen, dass man so was gut brauchen kann, aber normalerweise nehmen wir es ohne Dank zur Kenntnis, und seine Kollegen ärgern sich, weil sie ihn für einen Obergescheiten halten. Natter hat uns immer wieder mal was mitgeteilt. Aber er hat auch ein paar kleinere Sachen, die in die Zuständigkeit des Postens fielen, ganz ordentlich erledigt. Beschrieben ist er wie alle Gendarmen mit *gut*, weil man das im Gegensatz zu *sehr gut* und *nicht entsprechend* nicht extra begründen muss. Ich hab’ jedenfalls nichts dagegen, dass er kommt. Ich weiß bloß nicht so recht, was ich mit ihm anfangen soll. Mit den Übereifrigen muss man vorsichtig sein, sonst springen sie mit beiden Beinen in den erstbesten Scheißhaufen, dass es nur so spritzt.“

Er trank die dritte Tasse schwarzen Kaffee aus und warf noch einen Blick auf seine Schuhe, bevor er aufstand.

„Na, wie auch immer, ich muss jetzt gehen. Was steht auf deinem Programm?“

„Vormittags Rolle lernen, nachmittags Probe.“ Gerda Moebes war Schauspielerin am Landestheater.

„Warum spielt ihr nicht mal *Das Girl aus dem Goldenen Westen*? Dann wüsste ich, wohin ich Cowboy Joe schicken soll.“

„So weit sind unsere Abonnenten noch nicht, das geht nur im Freien Verkauf.“

Jäger kannte ihre Meinung über die Abonnenten schon. Ihrer Ansicht nach waren die mit ihrem Verständnis ungefähr bei Hans Sachs' Fasnachtsspielen angelangt, modernere Sachen waren ihnen angeblich suspekt.

Jäger gab seiner Freundin einen nach gebratenem Schinken schmeckenden Kuss und machte sich auf den gewohnten kurzen Fußweg zu seinem Büro im Landesgendarmeriekommando.

Im Gang vor dem Büro lehnte ein langer, dünner, drahtig aussehender junger Mann an der Wand, stieß sich aber ab und stand gerade, als er Jäger sah.

„Morgen, Herr Major!" sagte er. Es klang militärisch. Er sah Jäger ins Gesicht und hatte auch vorher keinen schnellen Blick auf die Schuhe geworfen.

Jäger fragte sich, ob er tatsächlich wie ein Major – der er ja allerdings auch war – aussah, erwiderte aber freundlich: „Sie sind Josef Natter, nicht wahr?"

„Johann Natter", sagte der Gendarm.

„Richtig, entschuldigen Sie." Es wäre viel leichter, wenn ich dich Cowboy Joe nennen könnte, dachte Jäger. Er schloss sein Büro auf. „Kommen Sie rein."

Jäger setzte sich hinter seinen Schreibtisch, zeigte auf einen der Stühle im Zimmer, wählte die Nummer von Hollensteins Büro und sagte, als sich dieser meldete: „Komm doch bitte rüber und bring drei Kaffee mit."

„Ist der Cowboy da?"

Jäger hoffte, dass Natter das nicht gehört hatte.

„Ja." Zu Natter sagte er: „Sie mögen doch einen Kaffee?" Als dieser eifrig nickte, wiederholte Jäger: „Also drei, wie gesagt. Bitte!"

Fünf Minuten später kam Hollenstein mit den Pappbechern. Jäger stellte die beiden einander vor: Remi Hollenstein, Abteilung *Leib und Leben,* Johann Natter, für drei Monate zugeteilt. Hollenstein hieß mit

Vornamen Remigius, wollte aber die Langform seines Namens nicht hören. „Remi wird Sie unter seine Fittiche nehmen", sagte Jäger. Die drei Beamten tranken ihren Kaffee, der keinem von ihnen schmeckte, aber das gehörte zum Ritual. Überall auf der Welt tranken Polizisten schlechten Kaffee.

„Diese Sache mit der Fahrerflucht haben Sie gut hingekriegt", zeigte sich Jäger informiert. Er wandte sich zu Hollenstein: „Der Tote neulich in Lustenau, in einem Straßengraben im Ried. Er hier", er deutete auf Natter, „hat den Fahrer gefunden, obwohl er schon einen sehr brauchbaren anderen Verdächtigen zur Hand hatte."

„Sehr gut", sagte Hollenstein und registrierte Natters Befriedigung über das Lob.

„Es war eine Routinesache", meinte Natter.

„Bei uns ist auch alles Routine", bemerkte Hollenstein. „Mord, Totschlag, Raub, Kinderschändung – die Leute werden täglich routinierter dabei."

„Um halb neun haben wir eine Besprechung im Medienraum", sagte Jäger schnell. „Vielleicht zeigst du ihm erst mal das Gebäude und stellst ihn den Kollegen vor."

Hollenstein nickte. Er ging mit Natter hinaus und kam dann noch mal zurück, wobei er Natter im Gang stehen ließ.

„Geile Schuhe", sagte Hollenstein grinsend.

„Leck mich doch", erwiderte der Major.

Im Medienraum legte Jäger ein Foto auf die Glasplatte des Episkops und projizierte das Gesicht eines etwa dreißigjährigen Mannes mit vorne kurzgeschnittenen, hinten langen blonden Haaren und glattrasiertem Gesicht auf die Leinwand. Die Vorlage war ein Polizeifoto. Der Fotografierte bemühte sich, möglichst ausdruckslos dreinzusehen, machte aber trotzdem den Eindruck eines Mannes, der auch unbewaffnet gefährlich ist. Sein Seidenhemd war weit aufgeknöpft, darunter blinkten die Goldkettchen.

„Das ist Zoran Antonič", sagte Jäger. „Mitglied der Frankfurter Jugo-Mafia. Zuhälter, Spieler, Schutzgelderpresser, wahrscheinlich auch Totschläger und Mörder. 1,80 groß, Kraftstudio-Körper, Sonnenbankbräunung, Tätowierungen auf den Schultern: Adler, serbisches Kreuz, Totenschädel, auf dem Penis: viermal den Buchstaben C. Spricht Deutsch als Muttersprache mit starkem hessischen Akzent, holpriges Englisch und idiomatisches Serbisch. Wird derzeit nicht gesucht. Eine Reihe von Vorstrafen, hauptsächlich wegen Körperverletzung, aber nichts mehr offen. Freispruch mangels Beweisen in einem Mordfall. Hält sich momentan mit zwei weiteren Serben im *Hotel Schweizerland* in St. Gallen auf, es ist aber damit zu rechnen, dass er nach Vorarlberg kommt. Er soll in Bosnien-Herzegowina als Tschetnik Kriegsverbrechen begangen haben, aber das hat derzeit keine rechtlichen Konsequenzen. Er ist mit den beiden anderen Serben von Budapest nach Zürich geflogen und mit einem Mietwagen nach St. Gallen gefahren. Der eine seiner beiden Begleiter ist sein Frankfurter Spezi Pero Damjanovič, von dem ich kein Bild zeigen kann, der aber schulterlange schwarze Haare hat, 1,78 groß ist und auf den Schultern mit amerikanischen Motiven tätowiert sein soll – was auch immer das heißen mag. Vielleicht sind es Harley-Motive, er fährt nämlich in Frankfurt eine solche Maschine. Der dritte Mann ist unbekannt, es scheint sich um jemanden zu handeln, der nicht aus Frankfurt stammt, sondern möglicherweise von da unten mitgenommen wurde. Zoran und Pero sind normalerweise bewaffnet, deshalb sehen wir uns nach ihm und seinen Begleitern um, auch wenn wir ihnen möglicherweise nichts anhaben können."

Hollenstein, der am Fenster stand, fand, dass das nach einem Fall für die Sicherheitsdirektion klang, und Jäger schien solche Gedanken erraten zu können, denn er fuhr fort:

„Antonič ist also ein Gewalttäter, aber ein gewöhnlicher Krimineller, kein politischer Terrorist. Dass er da unten als Tschetnik tätig war, sagt gar nichts, die Arkan-Truppe, bei der er gewesen ist oder mit der er zusammengearbeitet haben soll, ist die ehemalige Belgrader Mafia, das sind Plünderer, Vergewaltiger und Mörder. Das ist übrigens meine Privatmeinung. Ich wollte damit sagen, dass andere Serben in Bosnien sich vielleicht auf die Schlacht auf dem Amselfeld berufen, bevor sie foltern, schänden und abschlachten, aber die Arkan-Leute machen sich nicht einmal diese kleine ideologische Mühe."

Es gab ein paar gedämpfte, zustimmende Lacher von denen, die dachten, der Chef mache einen kleinen Scherz. Natter, der kaum Zeitungen las und weder von Arkan noch von der Schlacht auf dem Amselfeld jemals etwas gehört hatte, lächelte wenigstens.

Jäger ignorierte die Höflichkeitsgesten und redete weiter: „Es ist möglich, dass Antonič etwas mit unseren Freunden vom lokalen Milieu zu tun hat. Ihr wisst alle, dass der Winsler verreist ist. Das könnte ein Hinweis sein."

Ein paar Beamte grinsten wölfisch. Jäger sprach jetzt direkt zu Natter: „Der Winsler ist unser Spitzname für eine Milieutype namens Purgstaller. Der Mann hat einen kleinen, recht gut gehenden Puff in Hard und ist für eine Milieuperson auffällig zart besaitet. Man kann ihn deshalb als Indikator für bevorstehende Auseinandersetzungen in seinen Kreisen sehen: Er verreist jedes Mal, wenn irgendwelche Probleme ins Haus stehen. Hin und wieder muss ja eine Partie aus der Steiermark oder aus Rimini anreisen, um hier einen lokalen Konflikt niederzuprügeln oder auszuschießen, da war er bisher jedes Mal abwesend. Jetzt ist er auch wieder weg, sodass wir annehmen, dass sich etwas zusammenbraut. Wir haben aber weder von unseren V-Leuten noch sonst woher einen Hinweis darauf, was es diesmal sein könnte, außer eben der Möglichkeit, dass es was mit Zoran Antonič zu tun haben könnte. Der ist freilich vorher noch nie hier aufgetaucht, aber wir wissen, dass die wirklichen Macher in der lokalen Szene schon seit langer Zeit Kontakte in den süddeutschen Raum und vermutlich nach Frankfurt haben. Das Bahnhofsviertel ist für die Zuhälter so etwas wie Amsterdam für die Giftler."

Hollenstein fragte sich, woher Jäger den Tipp haben mochte. Von Interpol offensichtlich nicht, denn das hätte er erwähnt, ebenso wie jeden anderen offiziellen Kanal. Es gab nur eine Quelle, die er auf keinen Fall nennen konnte, und das war einer der Geheimdienste. Die versorgten zwar normalerweise die Kriminalabteilung nicht mit Informationen, aber Hollenstein wusste, dass der Major eine private Verbindung zu einem Geheimdienst hatte. Einer von Jägers Jugendfreunden arbeitete in leitender Stellung beim Heeresabwehramt. Das HAA war 1985 von den Roten aus dem Heeresnachrichtendienst ausgegliedert worden, nachdem dieser jahrelang ihre Politiker bespitzelt hatte. In Österreich gab es nach den langen bleischweren Jahren der großen Koalition immer noch überall den Proporz, deshalb existierten völlig überflüssigerweise auch zwei Geheimdienste: Der Heeresnachrichtendienst war schwarz, das Heeresabwehramt rot. Wenn man sich gegenseitig ins Wadel beißen konnte, tat man das mit großem Genuss. Falls der Tipp für Jäger wirklich vom HAA gekommen war, hieß das wahrscheinlich, dass der HND ungestört an der Sache hatte arbeiten wollen.

Andererseits war es wohl vertretbar, die Kriminalabteilung präventiv auf eine gewalttätige Type wie diesen Antonič aufmerksam zu machen.

Hollenstein fragte: „Überwachen die Schweizer die drei Serben?“

Das war eine knifflige Frage, weil ihre Beantwortung einen Hinweis auf Jägers Quelle enthalten musste, aber der Major wich aus: „Das kann man annehmen, die drei Burschen sind schon rein von ihrem Auftreten her sehr auffällig, und die St. Galler machen sich einen Haufen Gedanken wegen der Drogenszene, denkt nur an den Schellenacker. Wenn es sonst keine Gründe gibt, auf die drei aufzupassen, dann kümmert sich auf jeden Fall das Drogendetachement um die Serben. Dabei glaube ich kaum, dass sie Stoff bei sich haben, denn sie wurden schon vom Flughafenzoll bis in den Darm hinein gecheckt. Sie waren aber sauber, keine Drogen, keine Waffen. Schließlich sind sie nicht dämlich. Mittlerweile können sie sich natürlich beides besorgt haben. Andererseits ist das Ostschweizer Drogengeschäft in der Hand von Kosovo-Albanern, nicht von Serben.“

Inzwischen war sich Hollenstein sicher, dass Jägers Tipp vom HAA stammte. Der Zürcher Flughafenzoll teilte es einem Major der KA Bregenz sicher nicht mit, wenn er nichts gefunden hatte.

„Okay“, sagte Jäger. „Das war’s. Wenn die Galgenvögel nach Österreich kommen, werden sie von unserem Zoll neuerlich gefilzt, und wir werden erfahren, dass sie da sind. Aber wenn sie wirklich kommen, dann wollen sie hier etwas anderes als nur durchfahren, und vielleicht erfahren wir schon vorher etwas. Noch Fragen?“

„Wie war das mit den Kriegsverbrechen?“ fragte der Beamte, der neben Natter saß.

Jäger zog eine Grimasse und hob abwehrend die Hände. „Ich kann es nicht spezifizieren. Ich hab’ mich von der Sicherheitsdirektion aufklären lassen, dass entwürdigende und erniedrigende Behandlung von Zivilpersonen, Folter, Vergewaltigung, unzüchtige Handlungen jeder Art und Nötigung zur Prostitution nach den Zusatzprotokollen zum 4. Rotkreuzabkommen als Kriegsverbrechen gelten. Das ist ziemlich abstrakt, aber wir kennen ja die farbigen Details. Da unten gibt’s so Zeug wie die *serbische Krawatte,* die freilich keine lokale Erfindung ist, denn die Mexikaner und die Kolumbianer kennen sie auch, dort heißt sie halt die *mexikanische* oder *kolumbianische Krawatte.* Man macht jemandem, den man für den politischen Gegner hält, hier einen Längsschnitt in den Hals“ – er fuhr sich mit dem Finger neben dem Adamsapfel von oben nach unten über die Kehle – „greift hinein und zieht ihm die Zunge aus dem Schlitz heraus. Das ist die *serbische – mexikanische – kolumbianische Krawatte.* Die Moslems schneiden angeblich eher die Schwänze ihrer Gegner ab. Falls jemand von euch Malaparte gelesen hat, weiß er, dass man in früheren Balkankriegen die ausgestochenen Augen der Gegner einmachglasweise sammelte. Ich nehme an, wir haben uns verstanden. Da unten geschehen Dinge, von denen sich die Haager Landkriegsordnung nicht hätte träumen lassen, und was ich vorhin sagen wollte, war, dass unser Sportsfreund Antonič an solchen exzessiven Vergnügungen angeblich beteiligt war. Was es genau gewesen sein soll, weiß ich nicht, aber zumindest ich bin bereit, beinahe alles zu glauben, auch das, was ich anderswo als auf dem Balkan für Kriegspropaganda halten würde. Noch eine Frage?“

Natter sparte sich das, was er wissen wollte, auf. Als die Kriminalbeamten in ihre Büros gingen, fragte er Hollenstein: „Was ist der Schellenacker?“

„Die offene Drogenszene in St. Gallen. Wenn du Zeit hast, dann fahr mal rüber und sieh sie dir an. Du kannst sie nicht verfehlen, sie ist direkt bei der Autobahnabfahrt St. Fiden. Sieht aus wie ein kleines KZ, mit Einzäunung und Stacheldraht zum Krankenhaus hin und Wachtposten. Die passen allerdings nicht auf die Junkies auf, sondern sind selbst Junkies, die nach den Bullen ausspähen. In der Ostschweiz gibt's nämlich den Zwangsentzug, da fangen sie bei der Razzia ein paar Giftler, der Amtsarzt bestätigt, dass sie eingeliefert werden müssen, und zack!, sind sie in Wil in der Klinik. Wenn sie rauskommen, junken sie natürlich weiter, aber für die Statistik haben sie was gebracht, und für die Anrainer rundum, denen sie in die Hausgänge scheißen oder blutige Pumpen in die Briefkästen werfen, ist es auch eine kleine Beruhigungspille, wenn sie glauben können, es gäbe so etwas wie eine Drogenpolitik. Der Schellenacker ist schon einen Besuch wert. Ich denke, so sieht unsere Zukunft auch aus. Die St. Galler werden das zwar bald einmal räumen, wie es die Zürcher mit dem Platzspitz gemacht haben, aber das ist keine Lösung des Problems, es verlagert sich nur. Bei uns gibt es so was nicht, weil unsere Städte dafür zu klein sind und die Vorarlberger Junkies in die Schweiz gehen. Aber das muss nicht so bleiben.“

Hollenstein sah, dass Natter auf diese Antwort hin verblüfft aussah, und dachte sich: Das ist was anderes als Kühe-Erschießen, hm, Cowboy? Laut sagte er: „Hat er dich schon zugeteilt?“

„Nein, ich soll jetzt gleich zu ihm kommen.“

„Na dann. Hoffentlich wird's was Interessantes.“ Es gibt nichts Harmloses mehr, Cowboy, dachte Hollenstein. Bei den Abbrändlern hat man es mit dem Neonazi-Gesocks zu tun, bei den Giftlern mit Psychos und Geisteskranken, die Mörder sind sowieso deprimierend, die Räuber werden zunehmend brutaler – am besten, du gehst zur Referatsgruppe 5: Rechnungswesen. Da kriegst du bloß mit, dass die Gefahrenzulage für Exekutivbeamte im Außendienst 2668,50 Schilling beträgt.

Aber Jäger hatte mit Natter anderes vor als Lohnverrechnung.

5

Es war eine Art Sightseeing-Tour, der Major hatte es wörtlich so genannt. „Zeigen Sie dem Kollegen, was es zu sehen gibt, damit er weiß, in welchen Kreisen er sich in den nächsten Wochen bewegen wird“, hatte er zu Gleissner gesagt.

Zu sehen gab es eigentlich wenig, fand Natter. Die Peripherie von Bregenz, in der sie unterwegs waren, sah weiß Gott alltäglich aus. Alte Siedlungen, neue Siedlungen, viele Einfamilienhäuser, ein paar Hochhäuser. Durch den beengten Raum, in dem die Stadt zwischen Berg und See eingequetscht war, gab es nicht einmal den üblichen Stadtrand-Gürtel von Autohandelsfirmen, Supermärkten und ähnlichen Unternehmen, die viel billigen Platz brauchten. Die Stadt wucherte zum Sperrriegel der Bregenzer Ach hin, hier gab es noch Grünflächen, aber sie wurden offensichtlich immer schneller aufgefressen. Slumähnliches sah man wie im ganzen angeblichen *Musterländle* auch in der Landeshauptstadt nicht, aber hinter den bürgerlichen Fassaden der teilweise ja recht heimelig aussehenden Häuser spielten sich manchmal krasse Tragödien ab, wie Natter aus den eher beiläufig hingesagten Hinweisen Gleissners erfuhr.

„Da oben ist eine Hurenwohnung, zwei Nutten mit einer strengen Kammer ... da drüben steht der amerikanische Schlitten vom Schönen Leo, das ist ein kleiner Zuhälter ... in dem Haus da gibt’s einen schwulen Masseur, aber das ist nicht kriminell, ich erwähne es nur der Vollständigkeit halber ... in dem Lokal wird gezockt, ziemlich hohe Einsätze bei Siebzehn-und-vier, gelegentlich auch Poker.“

„Gibt’s hier keine richtigen Milieulokale?“ fragte Natter.

„Nein, nicht mehr. Das hat mit dem Koks zu tun. Früher haben sich die Zuhälter in die Wirthäuser und Bars gesetzt und *Chivas Regal* gesoffen, die Folge davon war, dass sie aneinander gerieten, sobald sie blau waren, ihre Huren verdroschen und sich gegenseitig die Fressen polierten oder mit Blei vollpumpten. Aber diese Zeiten sind vorbei. Jetzt brauchen die Nutten keine Prügel mehr, weil sie süchtig sind und an der langen Leine des *Äitsch* laufen, und die Hurentreiber sitzen daheim vor der Glotze und ziehen sich Nase um Nase mit Koks hoch. Um sich ballern sie höchstens, wenn die Paranoia durchschlägt und sie scharenweise kleine Polizisten aus den Wänden kommen sehen. Ich kann dir aber nachher eine Tankstelle zeigen, wo du ein paar originale Zwergzuhälter sehen kannst, die sitzen dort noch zusammen und tschechern. Uns interessieren die Tankstellen aber wenn überhaupt, dann mehr als Hehlereilokale, da läuft nämlich eher was."

Er zeigte auf ein neu verputztes Haus.

„Da drüben im Parterre hat Holzer gewohnt, sagt dir der Name etwas?"

Natter verneinte. Gleissner fuhr an den Straßenrand und stellte den Motor ab. Er wollte offenbar das Haus vor Augen haben, bis er mit seiner Geschichte fertig war.

„Holzer ist eine von den größeren Nummern. Mittelklasse. Er ist jetzt Wirtschafter in einem der Puffs vom Rosegger. Ein Verrückter, der typische Kokslodel, wie ich ihn vorhin beschrieben habe. Sein Milieuname ist Spoon, weil er immer einen protzigen goldenen Kokslöffel um den Hals trägt. Früher war er noch halbwegs geistig beisammen, aber moralisch immer schon ein ganz elendes Dreckschwein. Da gab's so eine Obdachlose, die war völlig meschugge. War in der Schweiz in der Psychiatrie wegen was-weiß-ich-was, weil sie Stimmen hörte oder so, und dann wurde sie eines Tages als geheilt entlassen und praktisch auf die Straße gesetzt. Sie kam herüber zu uns, warum weiß ich nicht, und lebte hier davon, dass sie hin und wieder irgendwelchen Typen einen blies. Ficken ließ sie sich nicht, da hatte sie einen Horror davor, aber Blasen war offenbar nicht Sex für sie, sondern ein normaler Job. Ein *Blow-job* halt."

Er grinste. Natter verstand den Witz nicht und lächelte schief.

„Sie sah nicht mal so übel aus damals, mancher Freier merkte vielleicht gar nicht, dass sie verrückt war, sie bediente ja auch Schweizer, die mit ihren Autos in Bregenz kreisten, aber die hiesigen Kunden wussten es natürlich. Sie verkam nach und nach immer mehr, pennte im Keller eines Türkenhauses, wusch sich selten und soff wie ein Loch. Mit einem der Türken kam sie ganz gut aus, der wollte anscheinend nichts als gelegentlich zusammen mit ihr einen Raki trinken. Zu dem kam sie eines Nachts völlig weggetreten in die Wohnung. Er dachte zuerst, sie hätte einen ihrer Schübe, aber dann kriegte er mit, dass sie übel verletzt war: Striemen am ganzen Körper, eine Menge Blut am Büstenhalter und an den Schenkeln. Er fuhr sie in die Ambulanz, wo sie eine Darmperforation feststellten und die Frau sofort operierten, sonst wäre sie abgekratzt. Er rief auch beim Posten an, die erledigten das als Routinejob, weil er ein Tschusch und die Frau bis an die Kiemen voll mit Alkohol war, und sie dachten, sie hätte sich irgendwie selbst verletzt. Das war nicht nur Beamtenblödheit, denn jedes Wochenende kommen Männer ins Krankenhaus, die sich mit dem Staubsauger einen abwichsen wollten, oder Frauen, die Leuchtstoffröhren nicht mehr aus der Möse herausbringen. Aber hier lag die Sache anders. Das Blut am Büstenhalter kam davon, dass ihr jemand eine Brustwarze abgeschnitten hatte, aber das wurde im Spital festgestellt und kam erst später ins Protokoll.“

Gleissner hatte Natter nicht angesehen, seit er mit dem Bericht begonnen hatte. Er starrte das Haus an, von dem er noch nicht gesagt hatte, welche Rolle es in seiner Geschichte spielte. Natter betrachtete die Leute, die am Auto vorübergingen. Alle sahen normal, harmlos und friedlich aus.

„Als sie nach der Operation wieder einigermaßen beisammen war, sagte sie aus, sie sei von einem Mann in Begleitung zweier Frauen in einem als eher bürgerlich geltenden Gasthaus angesprochen worden. Er habe sie auf einen Schnaps eingeladen, und sie hatte die Einladung nicht ausgeschlagen, obwohl sogar sie in ihrem Dampf bemerkt hatte, dass der Typ ein Zuhälter und die beiden Frauen Huren waren. Dann war noch ein Mann dazugestoßen, der Schweizerdeutsch sprach. Es wurde noch einiges gesoffen und ausgemacht, dass sie den Schweizer irgendwie sexuell bedienen sollte. Sie glaubte, es gehe ums Blasen. Das Quintett ging dann in dieses Haus.“

Gleissner wies mit einer Kopfbewegung auf das Haus, das er die ganze Zeit angesehen hatte. Natter schaute hin. Es sah aus wie alle Häuser hier.

„Sie haben sie gefesselt und ausgepeitscht, der Schweizer hat auf sie gepisst und geschissen, dann haben sie ihr verschiedene Sachen in Scheide und After gesteckt und weil der Freier dabei immer noch keinen hochkriegte, hat er ihr die Brustwarze abgeschnitten. Die nächsten Geschehnisse versanken für sie in einem Nebel aus Alkohol und halbem Koma, entweder konnte sie fliehen oder die vier ließen sie schließlich doch gehen, ihr Gedächtnis setzte eigentlich erst wieder im Spital ein. Erfunden hat sie das Zeug nicht, wir konnten anhand ihrer Beschreibung fast alles identifizieren: den Zuhälter – es war Holzer –, seine beiden Nutten, die Wohnung; den Freier natürlich nicht. Wir hatten einen Haussuchungsbefehl und wir fanden auch Blut, obwohl in dem Puff kurz vor unserem Auftreten mehr gescheuert und geschrubbt worden war als vorher vermutlich in Monaten – aber es war die Allerweltsblutgruppe O, wir konnten nicht eindeutig nachweisen, dass es das Blut der Frau war, und Holzer und seine Huren mauerten: Sie waren schlau genug, einzuräumen, dass die Verrückte bei ihnen gewesen war, stritten aber alles andere ab. Sie hätte durchgedreht, wirres Zeug geredet und um sich geschlagen, und da hätten sie sie hinausgeworfen. Vielleicht habe sie nach einer Ohrfeige aus der Nase geblutet. Verstümmelt habe sie sich selbst, schließlich sei sie verrückt. Keine Rede von der *Abrichtung einer Sklavin* oder so was. Vielleicht sei sie auch später am selben Abend an einen Sadisten geraten. Wir wussten schon, was passiert war, aber wir konnten den Schweinen nichts anhaben. Die Staatsanwaltschaft fand die Suppe zu dünn."

Gleissner ließ den Motor wieder an. Während er über seine Schulter zurückschaute, fragte er: „Wie findest du das?"

„Beschissen", sagte Natter.

„Daran musst du dich gewöhnen. So geht's nämlich im Milieu zu."

Nachdem sie ein gutes Dutzend Geheimbordelle in Bregenz von außen besichtigt hatten, verließen sie das Stadtgebiet. Sie fuhren über die Achbrücke. An der Harder Kreuzung bog Gleissner in den Ort hinein ab. Nach einer Weile begann er wieder zu kommentieren, Lokale, in denen man Huren traf, Wohnungen, in denen das Geschäft lief, auf der sogenannten Betonstraße der Straßenstrich. Die Prostituierten, die auf dem

Fahrradweg neben der Straße defilierten, waren teilweise grotesk gekleidet.

Gleissner sagte: „Ich könnte dir auch eine lustige Geschichte erzählen, von dem Typ, den die Zuhälter angestellt hatten, um über Sprechfunk die Nutten auf dem Straßenstrich vor der Gendarmerie zu warnen, aber ich finde Prostitution schon lang nicht mehr lustig. Es ist natürlich eine Trottelei, sie zu verbieten, wie es im *Ländle* ja offiziell der Fall ist, aber tolerieren kann man sie auch nicht, zumindest nicht in den Formen, die sie dann gleich einmal annimmt. Dann geht es hier zu wie in Thailand oder in Mexiko."

„Wie geht es dort zu?"

„Wenn in Thailand mal ein Bordell brennt, kommen die meisten lebend raus, vor allem die Freier und die Puffbetreiber; ein paar Huren verbrennen allerdings, weil sie angekettet waren. Das ist natürlich nichts Besonderes in einem Land, wo bei Fabriksbränden die Arbeiterinnen sterben, weil alle Türen abgeschlossen sind. Und weißt du, wie sie in Birma AIDS bekämpfen? Da gab's letztes Jahr ein lehrreiches Beispiel. Es werden ständig Kinder und Frauen aus dem birmesischen Grenzgebiet hinüber in die Puffs von Ranong verschleppt und dort als Sexsklavinnen gehalten, weil sie als gesund gelten. Man schätzt Zahlen bis zu 50.000. Die thailändische Polizei befreit manchmal ein paar von den armen Schweinen und schickt sie heim. Die sind dann natürlich nicht mehr so gesund. Letztes Jahr spürten die birmesischen sogenannten Sicherheitskräfte fünfundzwanzig von diesen AIDS-kranken Frauen auf und liquidierten sie ganz einfach mittels Zyankalispritzen."

Natter wusste nicht, was er dazu sagen sollte. Auf die Frage, was in Mexiko los sei, verzichtete er. Vielleicht ein andermal.

Sie fuhren jetzt über die Rheinbrücke nach Fußach. Hier gab es mehrere Häuser, die auf dem Programm der Sightseeing-Tour standen. Gleissner wusste, wer die Bordelle betrieb und wie sie innen aussahen. „Es gibt eine Kontrolle nach der anderen“, sagte er. „Wir versuchen, ständigen Druck auf die Arschlöcher auszuüben. Das ist immer noch besser als gar nichts. Kriegen tun wir sie allerdings nicht wirklich. Man kann die Nutten mal eine Nacht lang einlochen, aber bei den Zuhältern müssen wir schon warten, bis sie einen groben Fehler machen. Der einzige Trost ist, dass sie sich wenigstens gelegentlich gegenseitig wegputzen. Hin und wieder geht auch einer durch eine Überdosis oder durch Russisches Roulette über den Jordan, die sind alle auch gegen sich selbst aggressiv, nicht bloß gegen die anderen.“

Er zeigte auf eine übermannshohe Taxushecke, die ein Haus verbarg. „Das da ist es. Der angeblich beste Puff im Land. Nennt sich *Villa oscura*. Da solltest du mal reingehen, aber nicht jetzt mit mir, mein Auto kennen sie da drinnen. Holzer ist Wirtschafter, aber gehören tut der Laden natürlich Rosegger. Das sagt dir doch etwas?“

Natter nickte. Jeder im Land hatte schon von Rosegger gehört. Er war der Obermacher, und obwohl man das wusste, hatte man ihm bisher nichts anhaben können. Er war schlau, reich und hatte die besten Beziehungen. Man hielt ihn allgemein für den lokalen Residenten des organisierten Verbrechens.

„Wie kommt man da rein?“

„Du fährst vor die Tür und wartest, bis sie aufgeht. Das Haus ist videoüberwacht. Wenn ich jetzt hinfahre, tut sich einfach nichts. Man kann ja von hier aus nicht mal sehen, ob überhaupt jemand da ist. Aber da drinnen sitzt einer vor den Monitoren und sorgt dafür, dass potentielle Kunden rein können. Ich bin kein potentieller Kunde, also bleibt der Sesam verschlossen. Aber du kannst rein, dich kennen sie nicht. Da drinnen gibt's eine Bar. Geh mal hin und trink ein Bier."

Diesmal hatte Gleissner nicht angehalten. Der Neue im Wagen sollte der Videoüberwachung nicht auffallen.

Die Tour endete am Grenzübergang Gaißau. „Da drüben beginnt eine andere Welt", sagte Gleissner grinsend. „Die Schweiz ist anders, wenn du's nicht glaubst, musst du dir halt mal die *Dekorationen* anschauen." Er wurde ernst. „Das war's. Wenn ich nichts vergessen habe, hast du jetzt alles gesehen, was ich dir zeigen sollte. Das war das Unterlandbiotop des Milieus. In Feldkirch oben gibt's den anderen Schwerpunkt, aber der steht offenbar nicht zur Debatte, der Chef sagte, ich solle dir hier die Gegend zeigen."

„Wofür werde ich jetzt eingesetzt?"

Gleissner zuckte die Achseln. „Keine Ahnung, das hat mir der große Boss nicht verraten."

Sie fuhren jetzt wieder Richtung Bregenz.

„Wo soll ich dich absetzen?" fragte Gleissner.

„Ich habe das Auto beim Bahnhof stehen."

„Gut. Ich muss noch ins Büro."

Gleissner ließ Natter aussteigen, bevor er zum LGK-Gebäude abbog. Es war halb sechs. Natter ging zu seinem Auto und öffnete beide Vordertüren, um die Hitze im Inneren ein wenig zu mildern. Dann überlegte er es sich anders, schloss die Türen wieder, sperrte das Auto ab und ging in das Bahnhofsrestaurant. Er aß ein Schnitzel mit Kartoffelsalat und trank dazu Bier.

Um Viertel vor acht fuhr er stadtauswärts. Während er in einer Kolonne die Rheinstraße entlangkroch, hatte er genügend Zeit, Objekte, die ihm Gleissner auf der Besichtigungstour gezeigt hatte, nochmals ins Auge zu fassen. Die Huren auf dem Seitenstreifen der Betonstraße ignorierten ihn oder machten obszöne Gesten, als er sie anstarrte. An der Rheinbrücke, wo er links hätte abbiegen müssen, wenn er heim wollte, fuhr er geradeaus.

6

Wie jeder Mann, der zum ersten Mal in seinem Leben ein Bordell aufsucht, hatte Natter die diffuse und etwas ängstliche Vorstellung, dass ihn hier aggressive Sexualität erwarten würde, obszöne Nacktheit und schamlose weibliche Anmache, und folglich überkam ihn die übliche Mischung aus Erleichterung und Enttäuschung, als er feststellte, dass der Empfangsraum des Etablissements aussah wie der irgendeines bürgerlichen Lokals in dieser Gegend.

In der Ecke gab es eine mit dunkelbraunem Holz furnierte Bar mit Zapfhähnen und Flaschen mit Portionierern im Hals, daneben eine knallrote Polstergruppe um einen kleinen Tisch, weitere Sitzgelegenheiten waren im Raum verteilt. Die Beleuchtung war indirekt, die Musik eine leise Instrumentalnummer mit jazzigem Einschlag.

Hinter der Bar stand eine junge Frau, die nicht nuttiger gekleidet war als andere Bardamen auch, und die sich mit einem Gast unterhielt, der aussah, als sei er ein Postbeamter oder Eisenbahner, der abends in Ruhe sein Bier trinken will. In der Polstergruppe saßen zwei Männer über einem Brettspiel. Der eine war ein hagerer Bursche mit langem aschblondem Haar und brutaler Visage mit zynischem Mund und harten, flachen Augen. Er trug ein Muskel-Shirt, gestreifte Hosen und Cowboystiefel. Um den Hals hing ihm eine massive Goldkette, am Arm hatte er die unvermeidliche Rolex. Sein Gegenspieler machte eher den Eindruck eines Mannes, der in einem Büro arbeitete, aber nicht als Untergebener. Er war mit einem hellen Seidenanzug bekleidet, seine Füße steckten sockenlos in weichen italienischen Slippern. Mit Ausnahme eines Ringes, dessen Stein je nach Lichteinfall seine Farbe wechselte, trug er keinen sichtbaren Schmuck. Mit seinen gekräuselten brünetten Haaren und dem weichen Mund sah er harmlos und freundlich aus, aber nur, bis man ihm in die Augen sah. Er hatte den kalten, souveränen und beinahe lidschlaglosen Blick eines Reptils.

Natter kannte das Spiel, in das die beiden versunken waren, wenn er auch noch nie zuvor ein so schönes Brett wie das ihre gesehen hatte. Es war eine Einlegearbeit aus Holz, Stein und Elfenbein.

An einem anderen Tisch saßen zwei Frauen, die man in diesem Rahmen als Prostituierte erkennen konnte. An einem Samstagabend in einer Bregenzer Disco hätten sie auch zwei Sekretärinnen sein können, die einen draufmachen wollten und ihre schärfsten Klamotten angezogen hatten, aber hier drinnen codierten ihre superengen Samtpants und ihre hochhackigen Schuhe eine andere, ebenso unmissverständliche Botschaft. Die eine kam aus Asien, war vielleicht eine Philippinin oder Thailänderin, die zweite sah eher wie eine Norddeutsche aus mit ihrem flachen, sommersprossigen Gesicht und dem offenbar echt blonden Haar.

Als Natter eintrat, warfen alle Anwesenden einen flüchtigen Blick auf ihn, auch die beiden Spieler, aber niemand hielt das Interesse aufrecht, was ihm sehr lieb war.

Er trat an die Bar und sagte zu der Bardame, die ihm freundlich zulächelte: „Ein Bier bitte." Er ging von der Annahme aus, dass Bier das billigste Getränk sein würde.

Sie öffnete eine Flasche und stellte sie ihm zusammen mit einem Glas hin. Einschenken musste er sich selbst. Sie wendete sich wieder ihrem ersten Gast zu und setzte die Unterhaltung fort, die sich darum drehte, welche Hunderassen am wenigsten bellten. Der Mann sagte, dass Huskies gar nicht bellen könnten, dafür allerdings den Mond anheulten, die Frau behauptete, Chow-Chows gäben keinen Laut von sich, vom Schnaufen einmal abgesehen.

Natter nahm einen Schluck von seinem Bier, schaute sich unauffällig im Raum um, wobei er sich bemühte, den Blick der beiden Frauen an dem entfernten Tisch nicht auf sich zu ziehen, und sah dann den Männern bei dem Brettspiel zu.

Beide waren offensichtlich routinierte Spieler. Sie spielten mehr oder weniger so, wie er es auch getan hätte. Natter bewunderte das Brett mit seinen Intarsien. Auch die Spielsteine schienen aus einem edlen Material zu sein. Er hatte *Tavla* immer nur mit schlechtem Gerät gespielt, aber schließlich kam es darauf überhaupt nicht an. Man konnte das Spielfeld auf ein Tischtuch aufmalen und mit Holzklötzchen spielen und gewinnen.

Natter zuckte zusammen, als ihn jemand am Arm berührte. Die Asiatin lächelte, allerdings nur mit dem Mund, nicht mit den Augen. Sie war vom Tisch herübergekommen, ohne dass er es bemerkt hatte. Sie reichte ihm kaum bis zur Schulter. Er konnte den weißen Scheitel inmitten ihrer blauschwarzen Haare betrachten. „Du brauchst nicht gleich so zu erschrecken“, sagte sie mit einer dünnen, hohen Stimme und starkem Akzent. „Trinken wir was?“

Ihr Alter hätte Natter nicht schätzen können, aber aus der Nähe sah sie nicht so gut aus, wie er vorhin im Halbdunkel gedacht hatte. Ihr Blick war müde und ihr Mund vulgär. Am linken Arm hatte sie zwei verschieden große grünblaue Flecken, von denen der eine frischer war als der andere, der schon Gelbtöne aufwies. Aber Natter hätte sie sich unter anderen Umständen, in irgendeiner Bar und als Zufallsbekanntschaft, durchaus schöntrinken können, sehr schön sogar.

„Naja“, sagte er zögernd. „Ja, ich weiß nicht. Ich würde eigentlich lieber spielen.“

Der gut angezogene Spieler sah auf, während der andere weiter mit finsterer Miene auf das Brett stierte. Er hatte allen Grund dazu, denn er stand auf Verlust.

„Wir können gern eine Partie machen“, sagte sein Partner zu Natter. „Diese hier wird ohnehin gleich beendet sein.“

Der Zuhältertyp drehte daraufhin den Verdoppelungswürfel. Der Grund musste reiner Trotz sein. Ein schlechter Verlierer mit einer Neigung zur Selbstzerstörung! Natter merkte sich das.

„Ja“, erwiderte er. „Das würd’ ich gerne.“

„Wir könnten ja trotzdem einen trinken“, sagte die Frau.

„Bier?“ fragte Natter.

„Nein, ich hätt’ lieber Sekt. Weißt du, Bier schmeckt mir nicht so gut.“

„Also Sekt, naja“, sagte Natter. „Ich – ich – ich glaub’, ich spiel erst mal eine Partie, dann sehen wir weiter. Wenn ich gewinne, gibt’s Sekt.“

„Wie du meinst.“ Jetzt resignierte sie offen. Sie ging zurück an ihren Tisch. Die hohen Stöckel ließen ihren flachen Hintern schaukeln. Sie tat Natter leid. Er hatte sie nicht zurückstoßen wollen, aber er hatte keine Lust, Geld für Sekt hinauszuschmeißen. Auch wenn er nie zuvor in einem Puff gewesen war, wusste er doch, dass die Getränkepreise unverschämt hoch sein würden und dass das Mädchen irgendeine Limonade als Sekt zu trinken bekam.

Der Zuhälter verlor. Mehrere Fünftausenderscheine wechselten ihren Besitzer. Natter sah die Hologramme im Licht glimmen. Es waren mindestens vierzigtausend Schilling.

Gerade als ihm siedendheiß klar wurde, dass er bei solchen Einsätzen nicht mithalten konnte, sagte der Gewinner zu ihm: „Spielst du schon lange Backgammon?"

„Naja", sagte Natter. „Schon eine Zeitlang." Doch hatte er bisher gedacht, das Spiel heiße *Tavla*.

„Da wir uns nicht kennen, schlage ich vor, zunächst einmal eine Partie um einen kleineren Einsatz zu spielen. Ich habe da heute ein paar Flaschen Wein gekauft." Der Mann zeigte auf eine flache Sperrholzkiste, die neben seinem Fauteuil am Boden stand. „Da sind zwölf Flaschen drinnen. Spielen wir doch erst mal um eine Flasche. Wenn du gewinnst, kriegst du die Flasche, wenn du verlierst, gibst du mir das Geld, das ich heute Nachmittag dafür bezahlt habe. Wir trinken sie auf jeden Fall nachher gemeinsam."

„Und was ist mit Verdoppeln?"

„Das können wir auch mit den Flaschen."

„Das geht dann aber nur dreimal, und das nur beim einfachen Spiel."

„Du bist ein fixer Rechner."

Natter zuckte die Achseln. Andernfalls konnte man kaum mitspielen. Es waren zwei Sechserkartons, also zwölf Flaschen, also ging das Verdoppeln: zwei, vier, acht, und dann fehlten schon vier auf sechzehn, und alles unter der Voraussetzung, dass das Spiel mit einem Punkt gerechnet wurde statt mit bis zu dreien, je nach Ergebnis.

„Aber du hast natürlich recht", fuhr der andere fort. „Mein Vorschlag: Akzeptieren wir bei einem vierten Mal das Dutzend als Gesamtanzahl."

„Ich bin einverstanden." Natter überlegte, ob er nach dem Preis fragen solle. Was konnte eine Flasche teurer Wein kosten? Tausend Schilling? Dann ginge es insgesamt maximal um zwölftausend. Er hatte zwar nicht mehr als vier in der Tasche, aber ein Scheckheft dabei. Beim Zocken ist Barzahlung üblich, aber der Gegner konnte kein richtiger Profi sein, sonst hätte er überhaupt nicht solche Bedingungen vorgeschlagen.

Der Zuhälter rückte an die Breitseite des Tisches, Natter setzte sich und nahm einen der beiden Würfelbecher.

„Würfeln wir um Farbe, Seite und Beginn?“ fragte Natters Gegner.

„Nur um den Beginn.“

„Ich heiße übrigens Manfred Prinz. Meine Freunde nennen mich Manu.“

„Johann Natter.“ Meine Feinde nennen mich Cowboy Joe.

Der Zuhälter stellte sich nicht vor, sondern starrte schweigend auf das Brett.

Beide Spieler würfelten. Prinz hatte eine Sechs und eine Eins, Natter eine Drei. Der zweite Würfel stieß gegen das Brett und blieb mit einer Fünf nach oben auf der Kante stehen. Wie es die Regeln vorschrieben, gab Natter beide Würfel zurück in den Becher und wiederholte den Wurf. Diesmal hatte er ebenfalls eine Eins und eine Sechs.

„Das bedeutet normalerweise Verdoppelung“, sagte Prinz in einem so höflichen Tonfall, als lasse er Natter die Zurückweisung dieses Vorschlags immer noch offen.

„Einverstanden.“

Beim nächsten Wurf hatte Natter die höhere Augenzahl und begann, seine Steine auf ihr Ziel hin zu bewegen.

Binnen relativ kurzer Zeit schaffte er es, eine *prime* auf die ersten sechs Felder zu setzen, also eine geschlossene Formation eigener Steine, die verhinderte, dass Prinz einen zuvor geschlagenen Stein vom *bar* ins Spiel bringen konnte. Da kein anderer Zug erlaubt ist, bevor der Stein wieder im Spiel ist, brauchte er gar nicht mehr zu würfeln, bis Natters *prime* sich endlich auflöste. Das dauerte lange, und es sah aus, als sei die Partie bereits entschieden. Obwohl Natter sich die ganze Zeit mit dem Instinkt des Spielers siegessicher gefühlt hatte und jetzt alles auf Gewinn stand, wendete sich das Blatt plötzlich. Prinz würfelte eine Doublette nach der anderen, während jetzt bei Natter trotz vorsichtigster Spielweise nichts mehr weiterging. Vorher hatte Natter verdoppelt und Schwarz das akzeptiert, nun verdoppelte Schwarz und Natter akzeptierte; andernfalls hätte er die Partie verloren geben müssen. Sie waren also schon auf einem Dutzend Flaschen.

Dann kam der Moment, wo Natter, der glanzvoll begonnen, lang auf Sieg gestanden und keinen einzigen Fehler gemacht hatte, sah, dass er nicht mehr gewinnen würde. Er hatte auch damit recht.

„Du hast sehr gut gespielt“, sagte Prinz. „Ich bin mir sicher, wenn wir so viele Partien spielen, dass sich unser jeweiliges Glück ausgleicht und sich das eigentliche Geschick für das Spiel herausschält, würdest du gewinnen.“

„Möglich“, sagte Natter. „Aber jetzt habe ich verloren. Wie viel kriegst du von mir?“

„Nun ja“, erwiderte Prinz. „Wir haben ausgemacht, dass du den Kaufpreis für die Flaschen zahlst. Das wären dann hundertacht.“

„Hundertacht? Hundertacht was?“

„Hundertachttausend Schilling.“ Prinz zog einen Zettel aus der Sakkotasche und entfaltete ihn. Er legte ihn vor Natter auf den Tisch.

Natter las, was auf dem Zettel stand. Es war ein mit demselben Tag datierter Computerausdruck, der als *Quittung* überschrieben war, wie es in der Schweiz für bar bezahlte Rechnungen vorgeschrieben war. Der Aussteller war ein Weinhändler in St. Gallen, und die Quittung lautete auf 12 Flaschen Romanée-Conti, Preis pro Flasche elfhundert Schweizer Franken, zusammen also dreizehntausendzweihundert Schweizer Franken.

„Du kannst es mir auch in Franken geben, wenn du wegen des Umrechnungskurses Bedenken hast", sagte Prinz.

„Ist das ein Witz?" fragte Natter, der gegen ein Gefühl von Betäubung ankämpfen musste.

„Was sollte die Pointe sein?"

„Ein Wein kann doch nicht zehntausend Schilling pro Flasche kosten!"

Prinz öffnete den Deckel der Holzkiste und nahm eine Flasche heraus. „Aber natürlich kann er das. Willst du das Etikett mit der Rechnung vergleichen?"

Natter sah, dass *Romanée-Conti* auf dem Etikett stand. Er wusste nicht, was er sagen sollte. Prinz musterte ihn mit freundlicher Miene, der Zuhälter feixte jetzt.

„Pech gehabt", sagte er.

„Ich glaube, so etwas ist *wider die guten Sitten*", sagte Natter.

Während der Gesichtsausdruck des Zuhälters auf diese Bemerkung hin düster wurde, lachte Prinz laut auf.

„Das stimmt", sagte er, als habe Natter einen guten Witz gemacht. „*Wider die guten Sitten!* Sehr originell formuliert. Spielen um hohe Einsätze ist überhaupt *wider die guten Sitten.* Gewinne sind auch nicht einklagbar. Es handelt sich um Ehrenschulden."

„Und die Ehre ist uns viel wert", sagte der Zuhälter grimmig.

Natter verstand die Drohung. Er saß in der Klemme, das stand fest. Er ging schnell die Möglichkeiten durch: *Sich als Gendarm ausweisen.* Das würde die Angelegenheit sofort beenden. Aber es war die schäbigste Lösung, und psychologisch die lausigste. *Abhauen.* Physisch fürchtete er die beiden nicht. Sie konnten ihn nicht festhalten. Dem Zuhälter konnte er die Fresse polieren, und Prinz war zwar halbseiden, jedoch kein Schläger, das verriet seine Körpersprache. Aber das Auto stand im Innenhof, und das Tor musste erst mal geöffnet werden, von wem auch immer. Der Monitor befand sich nicht an der Bar, wie er es erwartet hatte. Also gab es noch irgendwo einen Raum mit mindestens einem dritten Mann. *Zahlen.* Die Summe entsprach ziemlich genau dem einzigen Sparbuch (zum Eckzinssatz), das er besaß. *Weiterquatschen.*

„Ich meine, es war nicht besonders fair, mir nicht zu sagen, dass der Wein so extrem teuer ist. Ich hatte maximal mit einem Tausender pro Flasche gerechnet."

Prinz zuckte die Achseln. „Hättest ja fragen können."

Damit hatte er allerdings recht. Natter verfluchte insgeheim seine eigene Blödheit.

„Ich habe natürlich nicht so viel Geld bei mir."

„Daran ist nichts Natürliches", bemerkte der Zuhälter. Er stand auf und ging zur Bar hinüber. Die Bardame schenkte ihm, ohne dass er etwas gesagt hätte, einen doppelten Whisky ein.

„Du kannst mir einen Wechsel unterschreiben", sagte Prinz, zog ein Papier aus der Tasche und legte es vor Natter auf den Tisch. Es war ein Wechselformular. Daneben legte er einen dicken schwarzen Füllfederhalter mit einem sechseckigen weißen Stern auf der Kuppe und goldenen Ringen, den er aus der Innentasche seines Jacketts nahm. Als er sah, dass Natter nur dasaß und den Wechsel anschaute, schraubte er den

Füller auf, steckte die Hülse hinten an und platzierte das schreibfertige Gerät neben Natters rechte Hand.

„Verloren ist nun mal verloren, mein lieber Johann Natter“, sagte er freundlich. „Wer spielen will, muss sich darüber im Klaren sein.“

„Ich unterschreibe keinen Wechsel“, erklärte Natter. „Bei einem Wechsel gibt es ein Prinzip, das besagt, dass die Wechselschuld vom zugrunde liegenden Geschäft abgetrennt wird. Bei einer Wechselklage muss der Richter nur die Richtigkeit des Wechsels prüfen und kümmert sich nicht um das Grundgeschäft. Das ist mir zu happig.“

Prinz sah ihn nachdenklich an. Der Zuhälter sagte: „Also ich würde jetzt bald mal unterschreiben, statt Sperenzchen zu machen, sonst kann's doch tatsächlich passieren, dass es ein paar hinter die Ohren gibt.“

Prinz schüttelte den Kopf. „Unser Freund hier hat recht. Das mit dem Wechselprinzip war zwar nicht elegant formuliert, aber sachlich völlig richtig. Na schön, dann also kein Wechsel.“

Jahrgangsbester in der Gendarmerieschule, dachte sich Natter. Deswegen kann ich ja auch Teile der Gendarmeriedienstinstruktion auswendig. Zum Beispiel den Paragraphen 12: *Der vertraute Umgang mit übelbeleumundeten Personen beiderlei Geschlechts ist dem Gendarmen strengstens untersagt.*

Prinz steckte das Formular wieder ein und zog mit derselben Bewegung einen anderen Zettel heraus.

Es war ein Schuldschein, in den man nur noch Datum, Summe und Unterschrift einsetzen musste. Offensichtlich brauchte Prinz so etwas öfters. Er nahm den dicken Füller und setzte das Tagesdatum und den Betrag ein. Dann legte er Schein und Füller vor Natter hin.

„Also los“, sagte er und klang dabei immer noch gutmütig. „Den hier musst du nun wirklich unterschreiben, mit mündlicher Vereinbarung geht bei uns nämlich gar nichts. Das Rückzahlungsdatum lassen wir offen."

Natter unterschrieb. Sein Kopf war voll Watte. Er wusste, dass beim Spielen der Witz darin bestand, dass man in wenigen Augenblicken um einiges reicher oder ärmer war – aber so deutlich war ihm das noch nie geworden.

„Sehr gut", sagte Prinz, betrachtete den Schuldschein kurz, faltete ihn zusammen und steckte ihn ein. „Darauf trinken wir einen. Ich möchte dir nämlich ein Geschäft vorschlagen."

„Noch so eines?" Die Verzweiflung machte Natter witzig.

Prinz lachte. „Nein, eines, mit dem du diesen Schuldschein zurückkriegen kannst, ohne bezahlen zu müssen."

Natter, der sich immer noch wie betäubt fühlte, schöpfte – so lächerlich das war – bei diesen Worten etwas Hoffnung.

„Und wie soll das gehen?"

In diesem Moment kamen Freier zur Tür herein. Es waren zwei Schweizer, ein kleiner Alter, der aussah wie die Männlein, die mit offenem Hosenladen am Straßenrand stehen, wenn man an einem sonnigen Sonntag einen Ausflug ins Appenzell macht, und ein Junger, der der Sohn des Alten sein konnte. Beide waren einigermaßen betrunken und entsprechend laut.

Prinz runzelte die Stirn. „Gehen wir in einen anderen Raum." Zu dem Zuhälter, der mit seinem Whisky an der Bar stand und die Schweizer musterte, sagte er: „Spoon, wir gehen mal rüber." Der Angesprochene erwiderte nichts, warf aber einen missbilligenden Blick auf Natter. Offenbar war das Verhältnis zwischen Prinz und dem Zuhälter so, dass Spoon hier an sich das Sagen hatte, aber nicht unbedingt gegenüber Prinz.

Zu Natter sagte Prinz: „Und? Machen wir eine Flasche auf, oder trinkst du lieber etwas anderes?"

Natter, der Biertrinker war und lächerlicherweise das Gefühl hatte, ein Zehntausendschillingwein sei an ihn verschwendet, sagte: „Vielleicht einen Whisky."

„Auch gut." Prinz ging zur Bar und sagte zu dem Mädchen: „Gib mir den *Cask* von *Caol Ila*." Sie nahm die unangebrochene Flasche irgendwo unten heraus und gab sie ihm mit zwei Tumblern.

Prinz, den Whisky in der einen und die beiden Gläser in der anderen Hand, wies mit einer Kopfbewegung zur Tür. Natter ging voran.

Er hörte gerade noch, wie der alte Schweizer zu der Thaifrau sagte, wie geil er auf ihr *Füdli* wäre.

7

„Zweite Tür links“, sagte Prinz in dem von gelbem Licht erfüllten und mit einem roten Teppich ausgelegten Gang hinter der Tür.

Natter öffnete und trat in ein Zimmer, das lediglich vom blauen Flackern eines Fernsehers erhellt wurde. Prinz schaltete hinter ihm mit dem Ellbogen einen kleinen Luster ein. Der Raum war studiomäßig eingerichtet. Moderne Möbel, eine Stereoanlage, ein Fernseher mit Großbildschirm und Videorecorder. Natter sah das alles nicht, sondern starrte die Frau an, die mit angezogenen Beinen in einem Fernsehsessel saß. Es lag nicht nur an dem komplizierten Muster ihres Hosenanzugs und an den großen Pupillen ihrer schwarzen Augen, dass er augenblicklich von ihr fasziniert war wie das Kaninchen von der Python.

„Das ist Johann Natter“, sagte Prinz und stellte Gläser und Flasche ab. „Johann, das ist Jelisaweta. Du kannst sie Liz nennen.“

Natter nahm die weiße, kühle Hand der sich entrollenden Schlange. „Ich freue mich“, sagte sie mit einem sanft klingenden slawischen Akzent.

Er murmelte etwas, das niemand verstand. Der letzte Zischlaut hätte „Liz“ heißen sollen.

Natter hatte nicht viele erotische Erlebnisse hinter sich. Er hatte im Laufe der Zeit mit drei Frauen geschlafen, und jedes Mal hatte er dabei wenig Vergnügen empfunden, war aber so aufgeregt gewesen, dass er das nicht einmal erkannt hatte. Er hielt Sex also immer noch und aus seiner Sicht zu Recht für eine aufregende Sache. Die Frau hier traf auf ein Erwartungsprofil in ihm, von dem er nichts geahnt hatte. In dieses Schema passte sie hundertfünfzigprozentig.

Prinz registrierte das. Die Russin erkannte es natürlich auch. Von Natter wäre es zu viel verlangt gewesen, zu realisieren, dass er ein paar Minuten, nachdem er ganz überraschend hunderttausend Schilling verloren hatte, auf die Frau seiner Tagträume gestoßen war.

Er konnte nur den Blick nicht von ihrem herzförmigen Gesicht mit den dunklen Augen und den hohen Backenknochen abwenden.

„Ist er zum ersten Mal hier?“ fragte sie Prinz, weil sie spürte, dass Natter momentan keine vernünftige Antwort auf eine ihrer Fragen geben würde.

„Meines Wissens schon“, sagte Prinz. „Er ist übrigens ein hervorragender Backgammon-Spieler.“

Sie griff zur Fernbedienung und schaltete den Ton des TV-Geräts ab.

„Hast du ein Glas?“ erkundigte sich Prinz.

„Ein leeres Weinglas.“

Prinz schenkte die drei Gläser mit zwei Fingerbreit Whisky voll.

„Cheers“, sagte er.

„Na sdrowje“, sagte die Frau.

„Na sdrowje“, erwiderte Natter. Es klang wie in Trance.

Sie tranken. Dann warteten Prinz und die Frau, bis Natters Hustenanfall vorbei war.

„63,8 Volumprozent“, sagte Prinz schließlich. „Ein bisschen Leitungswasser würde ihm auch geschmacklich gut tun, aber hier drin gibt es kein Wasser.“

„Es geht auch so“, sagte Natter keuchend.

„Wie schmeckt er dir?“ fragte Prinz.

„Wie Möwenscheiße.“

Die beiden anderen lachten. „Der Händler sagt, dass man in diesen Islay Malts das Jod des Meerwindes spüren könne. Du meinst denselben Geschmack, aber ich finde deine Beschreibung präziser.“

Alle nippten nochmals an ihren Gläsern, als wollten sie sich überzeugen, dass der Vergleich mit Möwenscheiße stimmte.

„Jelisaweta kommt aus Petersburg“, erklärte Prinz. „Sie war ein *Intergirl*. Ich habe sie bei meinem letzten Besuch kennengelernt und gleich mitgenommen. Hat ein bisschen Ablöse gekostet, aber das scheint sie mir immer noch wert zu sein. Mir kam vor, dass Liz dort eine Perle vor allzu vielen Säuen gewesen wäre.“

Natter, dem der Whisky sofort über die Zunge in den Blutkreislauf und ins Gehirn gestiegen war, fragte sich, was ein *Intergirl* sein mochte und von welchen Säuen eigentlich die Rede war.

Prinz schien das zu erraten.

„Petersburg ist weltläufiger als Moskau, aber Moskau ist derzeit die interessanteste Stadt der Welt. Vielleicht könnte noch Harbin mithalten, wenn man beispielsweise Moschusschmuggler wäre, weil das Interface zwischen Chinesen und Russen dann etwas hergäbe, aber Harbin ist am Arsch der Welt, und Moskau ist absolut im Zentrum.“

„Was ist mit New York?“ fragte Natter, um seine Weltläufigkeit zu zeigen. Er nahm einen großen Schluck *Caol Ila*, wobei er zuvor bewusst alle seine Systeme auf Hustenunterdrückung geschaltet hatte. Es funktionierte. Diesmal kamen ihm nur die Tränen.

„New York liegt in den USA, und die USA geraten ins Abseits, ohne es zu bemerken“, behauptete Prinz. „Die Vereinigten Staaten sind mittlerweile die *Alte Welt*, sie haben es bloß noch nicht realisiert. *Go east, young man!*, heißt jetzt die Parole. Da drüben liegt Geld auf der Straße, es sieht nur nicht so aus, wie man es gewohnt ist.“

„Ist dir übel?“ fragte Jelisaweta und legte eine weiche weiße Hand auf Natters gebräunten Arm.

„Es geht mir hervorragend“, log Natter mit einer Eloquenz, die ihn selbst verwunderte.

„Du siehst so bleich aus“, sagte sie und streichelte seinen Arm.

„Er ist okay“, behauptete Prinz.

„Kein Problem“, sekundierte Natter. Sein erigiertes Glied suchte mühsam einen Platz in den Falten der Hose. Das war kein wirkliches Problem. Das wirkliche Problem war: Was hatte diese Frau in einem Puff verloren?

„Arbeitest du hier?“ fragte Natter und hätte sich im selben Moment die Vorderzähne einschlagen können.

Niemand nahm ihm die Bemerkung übel.

„Nein“, sagte Jelisaweta lachend. „Manu nimmt mich mit, wenn er herkommt. Er spielt dann Backgammon, und ich schaue mir Videos an.“

„Das hier ist ganz sicher nicht die Preisklasse von Liz“, bemerkte Prinz. „Sie kann in der Oberliga spielen, verstehst du? Das habe ich ihr klargemacht, und sie hat es eingesehen. Sie kann nicht bloß ihren Arsch verkaufen wie die Mädels da draußen, sondern *Liebe*, was das Allerteuerste ist. Und sie ist clean, das spart eine Menge Kosten. Erstklassige Einnahmen, geringe Ausgaben – das wird ein Unternehmen mit ganz, ganz schwarzen Zahlen. Wir sind noch am Überlegen, wie sie sich optimal einbringen kann, aber eigentlich kommen nur total gestopfte Schweizer oder *Piffer* mit grauen Schläfen in Frage. Nicht mehr als zwei, drei, dafür aber Dauerkunden. Natürlich mit Totalservice, Reisebegleitung und so weiter.“

Er schenkte allen Whisky nach. Sie tranken von der bernsteinfarbenen Flüssigkeit.

„Was ist ein *Intergirl*?“ erkundigte sich Natter.

Die beiden anderen sahen sich an.

„Eine Petersburger Nutte“, sagte Prinz. Liz schlug ihm spielerisch gegen den Bizeps.

„Glawar!“

„Padßtilka!“

„Sutenior!“

„Bljad!“

Natter fühlte sich von diesem russischen Dialog ausgeschlossen. Er trank sein Glas aus.

„Kannst du kein Wort Russisch?“ erkundigte sich Prinz. Er hatte auch schon zwei doppelte Vierundsechzigprozenter unten.

„Drei Wörter“, sagte Natter. *„Nitschewo, Njet* und *Wodka*.“

„Das reicht für eine Konversation mit einem Intergirl“, erwiderte Prinz. „Wenn sie Geld will, sagst du *Nitschewo,* wenn sie dir einen Pariser überziehen will *Njet* und Wodka ist sowieso die einzige Möglichkeit, die russischen Verhältnisse durchzustehen.“

„Sagt mir jetzt einer, was ein *Intergirl* ist?“ erkundigte sich der Gendarm und hielt Prinz das Glas zum Nachfüllen hin. Während der Whisky hineinplätscherte, sagte Jelisaweta vulgo Liz:

„Bist du sicher, dass du das wissen willst?“

Natter nickte düster. „Ich will“, sagte er feierlich, ungefähr in dem Ton, in dem man sonst *Ich gelobe* sagt.

„Dann schau dir den Film an“, erwiderte Prinz.

„Was für einen Film?“

„Den Film *Intergirl*.“

Natter sah die Russin an. „Ist das der da?“ Er wies auf den Fernseher.

Sie lachte. „Nein. Ich nehme mir *Pretty Woman* auf. Ich schau mir nicht unsere Misere zuhause noch mal im TV an.“

Jetzt sah Natter, dass unter dem Fernseher zwei Videorecorder standen, mit denen die Russin den Film überspielte.

„Jedenfalls habe ich Liz in einem Petersburger Hotel kennengelernt“, sagte Prinz. „Ich finde sie eine tolle Frau und habe sie nach Österreich mitgenommen. Wir finden schon noch heraus, wie sie am meisten aus sich herausholen kann. Nicht hier in diesem Haus natürlich. Aber sicher mit Roseggers Sponsorschaft.“

Menschenhandel, dachte Natter. *§ 217 StGB, massive Einwirkung und gezielte Einflußnahme in Richtung einer Umwandlung der gesamten Lebensführung zur Prostitution, wobei die betreffende Person zu diesem Zweck diese Lebensführung in einen für sie fremden Staat verlagert.* Wie kompliziert der Gesetzgeber es ausdrückt, wenn Zuhälter Frauen aus den Oststaaten oder der Dritten Welt im Westen auf den Strich schicken!

„Sie ist natürlich Künstlerin“, fuhr Prinz fort. Konnte er Gedanken lesen? Die Menschenhändler benutzten eine Lücke im Aufenthaltsgesetz, das nicht für Künstler galt. Was für Opernsänger oder Orchestermusiker gedacht war, wurde für Tänzerinnen verwendet – und welche Frau konnte nicht tanzen?

„Ich war als Kind beim Ballett“, sagte Liz. „Daher auch diese Muskeln.“ Sie hob ein Bein so weit an, dass Natter den klassischen Schwung ihrer Wade sehen konnte.

„Wo hast du Deutsch gelernt?“ fragte er heiser.

„Deutsch war in Russland immer schon die erste Fremdsprache. Ich hab's in der Schule gelernt und dann auf der Uni.“

Und zuletzt mit den Kunden. Natter hätte es beinahe ausgesprochen. Es irritierte ihn sehr, dass diese schöne, freundliche Frau mit Universitätsbildung eine Nutte sein sollte. Vor allem irritierte ihn der Gedanke, dass er in diesem Falle ja nur Geld auf den Tisch legen musste, um mit ihr bumsen zu können. Vielleicht mehr

Geld, als er zur Verfügung hatte, aber trotzdem: Geld, weiter nichts.

„Was hast du in Petersburg gemacht?“ fragte er Prinz, um sich abzulenken.

„Ich bin ein Fixer“, sagte Prinz. Als er sah, wie Natter große Augen machte, fuhr er lächelnd fort: „Ein Fixer im alten Sinn des Wortes. Ein Fixer ist jemand, der alle möglichen Geschäfte macht.“ Er zog eine Visitenkarte heraus, auf der in dezenter, aber eleganter Schrift *Manfred Prinz, Handel mit Waren aller Art* stand.

„Aller Art“, sagte er. „Das ist der Schlüsselbegriff. Sag mir, was du brauchst, und ich werde es dir beschaffen. Ich bringe Käufer und Verkäufer zusammen, wie ein Makler. Im Grunde handle ich mit Informationen, da hat die ganze Lagerhaltung auf einer Computerdiskette Platz.“

„Und worum ging es in Petersburg?“ beharrte Natter.

Prinz trank von seinem Whisky und betrachtete den Gendarmen so lange ohne etwas zu antworten, dass Natter sich zu fragen begann, ob sein Interesse über das eines normalen Gesprächspartners hinausgegangen und auffällig geworden war. Aber warum sollte man einen Geschäftsmann nicht nach seiner Branche fragen? Und was sollte er antworten, wenn Prinz auf dieselbe Idee kam? Ich bin in der Sicherheitsbranche?

„In Petersburg war ich zur Erholung. Ich sagte doch schon: Die Musik spielt in Moskau. Jetzt machen alle möglichen Leute Geschäfte damit, aber ich war einer der ersten, der auf die Idee kam, in Moskau nachzuschauen, ob es da nicht biologische Abfälle gibt, die man im Westen schwer kriegt und mit denen die Russen selbst nicht so viel anfangen können.“

„Ich muss mal für kleine Mädchen“, warf Liz ein, und selbst Natter, der ganz gewiss kein ausgeprägtes

Sprachgefühl hatte, dachte sich, dass sie eine so idiotische Formel nur in einer Sprache verwenden würde, in der ihr das Gefühl für Nuancen fehlte. Er hatte Lust, zu sagen, dass Erwachsene *aufs Klo* gingen, tat es aber nicht.

„Biologische Abfälle?“ fragte er.

„Geburtsabfälle“, sagte Prinz. „Föten, wenn du weißt, was das ist.“

„Ungeborene ab drei Monaten. Vorher heißen sie Embryonen.“

„Du bist ja wirklich gut informiert.“ Prinz wartete einen Moment, vielleicht darauf, dass Natter etwas von seinem Bildungsgang verraten würde. Als dieser schwieg, fuhr er fort: „Vor einigen Jahren las ich in irgendeiner Zeitung von einem Kühlwagen voll Föten, den der Zoll an der schweizerisch-französischen Grenze anhielt. Das Material war für Kosmetikfirmen bestimmt. Es gab eine Menge Aufregung, die militanten Katholiken kreischten auf und erzählten ihren üblichen Bockmist von winzigen Beinchen und voll ausgebildeten Fingerchen – du solltest die Dinger mal in Wirklichkeit sehen, da denkst du, es seien verrottete Scampi oder blutige Engerlinge oder so was.“

Natter dachte sich, dass Prinz diese Geschichte nicht zum ersten Mal erzählte, denn zweifellos war die Russin auf das Klo verschwunden, um sie nicht hören zu müssen.

„Also jedenfalls – ich begann mich damit zu beschäftigen. Es gab da offensichtlich eine starke Nachfrage – nicht nur von der Kosmetikindustrie, sondern auch von Pharmafirmen und Forschungslabors, die mit ihren Wünschen nicht direkt an die Öffentlichkeit treten wollten – und irgendwo konnte man sicher ein passendes Angebot dazu finden. Da hatte ich den Eindruck, der einzige Sohn meiner Mutter könnte mit der Vermittlung solcher Geschäfte eine Menge Cash machen. Der Eindruck trog nicht. Ich war einer der ersten, die mitkriegten, dass es ein großes Land mit vielen armen Leuten und ziemlich obskuren Kliniken gab, in dem es völlig legal war, Föten zu verkaufen und Toten Organe zu entnehmen, ohne die Angehörigen auch nur davon zu verständigen: die damalige UdSSR. Embryonen gab es tonnenweise – ich meine damit Metallfässer, nicht Gewichtseinheiten – und Föten auch. Die Kosmetiker wollten nämlich, wie ich bald erfuhr, älteres Material, am liebsten sieben Monate altes. Die Russen konnten liefern. Ich organisierte alles ohne finanzielles Risiko und machte ein legales Geschäft mit hohem Gewinn. Man brauchte damals dringend *interfaces* zwischen den Verkäufern, die nicht wussten, wohin sie liefern konnten, und den Endabnehmern, die ihren Namen sauber halten wollten. Ich war so eine Art Leichenwäscher, wenn du verstehst, was ich meine – ich ziehe eine Parallele zum Geldwaschen. Das klappte sehr gut. Bis heute sind alle glücklich und zufrieden, die Lieferanten und die Abnehmer."

Und du auch, dachte Natter. Prinz trank von seinem Whisky und lächelte breit.

„Ich wollte dann, weil's gerade nebenan lag, in den Organhandel einsteigen, aber da gab's schon funktionierende Verbindungen, und die Leute, die sie betrieben, betrachteten jede Konkurrenz als herumlaufende Quelle für verkaufbares Material; da ließ ich es lieber. Ich hab's dann statt mit den Russen mit den Brasilianern probiert, da war's aber noch schlimmer. Dort ist nichts mehr legal, da schlachten sie nach wie vor einfach Leute erst ab und dann aus. Du hast doch sicher gelesen, dass regelmäßig Straßenkinder umgelegt werden?"

Natter nickte.

„Die werden zum Teil komplett ausgeweidet, aber das berichtet man nicht in unseren Käseblättern, weil dann dem Bürger morgens bei der Lektüre sein Kipferl in den Kaffee fällt. Wie auch immer – das war nicht mein Bier, ich bin ein Händler, kein Killer. Sah mich auf anderen Märkten um. In Indien lag der Handel ausschließlich in der Hand von Indern, und mit China war schon gar nichts zu machen. Die Volkschinesen haben zwar bis heute die effektivste Organisation – sie führen ihre üblichen Massenhinrichtungen technisch und terminlich so aus, dass die Toten gleich anschließend zerteilt und deren Organe mit Armeeflugzeugen verschickt werden können –, aber die Chinesen bleiben unter sich. Die verkaufen nur an Hongkong- und Taiwan-Chinesen, da bleibst du als Weißer außen vor."

Liz kam zurück und rollte sich wieder in ihrem Stuhl zusammen. Sie und Natter sahen sich an.

„Gib mir noch Möwenscheiße", sagte sie zu Prinz. Er schenkte nach.

„Das Geschäft, das du mir vorschlagen willst, ist genauso legal wie die geschilderten?" fragte Natter.

„Fast", sagte Prinz, „fast." Er grinste. „Ich organisiere für dich ein Backgammonturnier mit Rosegger. Er hält sich für den Größten, und ich glaube, dass du besser bist als er."

„Und das ist alles?"

„Rosegger spielt nicht, wenn es nicht mindestens um eine halbe Million geht. Ich kenne Leute, die dir Geld zum Spielen zur Verfügung stellen. Wenn du verlierst, musst du ihnen nichts zurückzahlen. Sie setzen auf dich, wie auf ein Pferd. Das Pferd haftet auch nicht für die Wetteinsätze. Ich bringe sie dazu, zu setzen. Und ich leihe dir so viel Geld, dass du – wenn du gewinnst – den Schuldschein einlösen kannst."

„Und wenn ich verliere?“

Prinz zuckte die Achseln.

„Wirst du verlieren?“

„Ich kenne diesen Rosegger nicht.“

„Er ist sehr gut. Aber ihr spielt mindestens fünfzehn Partien. Es ist jedenfalls keine aussichtslose Sache.“

„Sehr beruhigend.“

„Ich werde dir Glück bringen“, sagte Liz zu Natter.

„Dann kann dir ja nichts mehr passieren“, spöttelte Prinz.

„Wie machst du das? Hältst du mir die Daumen?“

„Nein, ich schlafe mit dir. Das bringt Glück.“

„Und erhöht den Schuldschein“, sagte Prinz.

„Nein“, erwiderte Liz. „Dann bringt es kein Glück.“

„Naja“, sagte Prinz. „Ich bin bloß dein Manager. Als dein Manager sage ich dir allerdings: Das bringt dir sicher kein Glück, und ihm vermutlich auch nicht.“

„Komm“, sagte Liz und fasste Natters Hand. „Ich weiß, wo wir hingehen können.“

„Werde ich auch noch gefragt?“ erkundigte sich Natter.

„Sag bloß, du willst nicht“, grinste Prinz.

„Natürlich will ich.“ Natter ließ sich von Liz aus dem Zimmer ziehen.

Im Gang steuerte sie zielsicher auf die übernächste Tür zu, öffnete sie vorsichtig und steckte den Kopf hinein. Es war niemand drinnen. Die beiden traten ein. Im Zimmer gab es ein Bett, zwei Stühle und ein Waschbecken. Unter dem einen Stuhl stand ein Plastikabfallkübel, auf dem Bett lag eine Küchenrolle. Die Tapete war geschmackvoller als die in Natters Wohnzimmer. Das Bild an der Wand war die Reproduktion einer Hamilton-Fotografie. In der Tür steckte innen der Schlüssel. Liz drehte ihn um. Dann lehnte sie sich mit dem Rücken an die Tür und sah Natter an.

Der Gendarm stand verwirrt da. Eine andere Frau hätte er jetzt in die Arme genommen und geküsst. Aber jeder weiß, dass Huren nicht küssen.

Liz trat den einen Schritt auf ihn zu, der sie trennte, legte ihm die Arme um den Hals und steckte ihm ihre lange, kühle Zunge in den Mund.

Nach einem heftigen Kuss warf sie den Kopf zurück und sagte: „Komm, machen wir es."

Ein paar schnelle Handgriffe und sie war nackt. Natter beeilte sich. Liz legte sich auf das Bett und sah zu, wie Natter seine Hose abstreifte.

„Bitte, die Socken auch", sagte sie. „Ganz nackt."

Aber ganz nackt wollte sie ihn dann doch nicht. „Kondom, Joe, bitte." Sie hatte es in der Hand. Natter hatte nicht bemerkt, dass sie es beim Ausziehen aus ihrer Kleidung genommen hatte.

„Warum nennst du mich Joe?" fragte Natter.

„Heißt du nicht Johann? Da sagt man doch Joe, oder?"

Sie streifte ihm den Pariser über und zog ihn über sich. Während Natter stieß, stöhnte sie und murmelte russische Wörter. Natter fragte sich, warum sie das tat, wenn er doch gar kein Kunde war.

Nach einer Weile hörte sie auf zu stöhnen, öffnete die Augen und fragte leise: „Kommst du nicht?"

„Ich halte es zurück."

„Ach bitte, Lieber, lass es kommen. Wir können nicht ewig hier bleiben."

Natter ließ es kommen. Das war keine Kunst. Er war immer darauf stolz gewesen, es lange zurückhalten zu können.

Liz riss zwei Blätter von der Küchenrolle, faltete sie zusammen und wischte damit zwischen ihren Beinen herum. Natter zog das Präservativ ab und warf es in den Plastikkübel. Er stand auf und wusch sich am

Waschbecken. Dann stellte er fest, dass kein Handtuch da war.

„Dafür muss man extra zahlen“, sagte Liz. „Wir hätten es vorher holen sollen. Nimm Küchenrolle.“

Er frottierte sich mit mehreren Blättern, die dann ebenfalls im Abfallkübel landeten.

„Warum hast du mich geküsst?“ fragte er, während sie sich anzogen.

„Hat es dir nicht gefallen?“

„Doch, aber ... ich dachte ...“

„Weil es Glück bringt. Du brauchst Glück, Joe.“

Dagegen ließ sich nichts einwenden.

Als sie die Tür öffneten, stand Holzer im Gang.

„Einen Blauen fürs Zimmer“, sagte er.

„Das zahlt Manu.“

„Nein“, sagte Natter. „Das zahle ich. Wie viel geht für das fehlende Handtuch ab?“

„Nichts“, erwiderte Holzer. „Das Handtuch wär’ extra zu bezahlen gewesen.“

Natter zog seine Geldbörse heraus und gab Holzer einen Tausender. Der Zuhälter steckte den Geldschein achtlos ein, wandte sich ab und ging zur hintersten Tür. Er hämmerte dagegen und brüllte: „Aufhören mit Ficken! Oder nachzahlen! Schweizer, deine Uhr geht falsch!“ Er lachte wiehernd.

„Er ist hackevoll“, flüsterte Liz Natter zu. „Koks.“

Während der Schweizer im Zimmer laut zu fluchen und zu zetern begann, gingen die beiden in das Zimmer mit dem Videogerät zurück. Prinz ließ *Pretty Woman* laufen und hatte den größten Teil der Whiskyflasche geleert.

„Mann, du siehst aus, als ob du Glück haben wirst in nächster Zeit“, sagte er zu Natter.

„Wann soll denn das Spiel steigen?“

„Bald. Ich brauche schon zwei, drei Tage, um die Einsätze aufzutreiben."

Aus dem Gang hörte man dumpfes Poltern und heftige Laute, die Geräusche einer Schlägerei.

Natter schaute in den Gang hinaus. Der Schweizer attackierte Holzer mit einem Messer. Holzer hielt das Gelenk der Messerhand umklammert, aber der kräftig gebaute Freier war ihm überlegen.

Natter überlegte nicht, machte ein paar schnelle Schritte und packte den Schweizer mit einem Hebelgriff.

„Willst du schwingen, du Arschloch?" fragte der Freier, bevor ihm die Luft wegblieb. *Schwingen* heißt in der Schweiz die lokale Form des Ringkampfs. Der Typ hatte die richtige Figur zum Schwingen. Aber Natter wusste, was er tat. Er presste seinen Unterarm gegen den Kehlkopf des Schweizers. Das tat unerträglich weh, wenn man es richtig machte. Der Mann ließ sein Messer fallen und griff nach Natters Arm. Holzer nahm das Messer. Natter stieß den Schweizer zur Seite und versetzte Holzer eine linke Gerade gegen das Kinn, dass der Zuhälter mit dem Hinterkopf gegen die Wand knallte. Holzer verlor das Messer und rutschte an der Wand herunter. Der Schweizer und Natter standen sich jetzt gegenüber.

„Okay?" fragte Natter. Er atmete weniger schwer als der Freier.

„Was okay?"

„Wir haben eigentlich keinen Wickel miteinander", sagte Natter.

Der Schweizer entspannte sich. „Stimmt", erwiderte er. „Seien wir vernünftig. Aber ich will mein Messer wiederhaben."

„Vorne beim Ausgang."

„Gut."

Prinz kam hinter ihnen her. Im Empfangsraum sahen sie, warum: Ein Typ, den Natter bis jetzt noch nicht gesehen hatte, stand mit einem Vorderschaftrepetierer in der Armbeuge an der Tür. Natter erkannte die Waffe: Es war eine umgebaute, nämlich durch einen Pistolengriff statt des Originalschaftes verkürzte Remington 870. Das Ding galt als robust und zuverlässig. Man schoss damit aus der Hüfte. Die Verkürzung war in Österreich verboten.

„Alles erledigt, Sunny“, sagte Prinz. „Holzer hat eine Beule. Kümmer dich lieber um ihn.“

Der Mann, der Sunny hieß, sah der Reihe nach den Schweizer, Natter und Prinz an. Dann ging er, ohne ein Wort zu sagen, in einem Bogen um sie herum und zu der Tür, die in den Gang führte.

„Wo ist der Alte?“ fragte Prinz in dem Moment, als der andere Freier unter der Tür Sunny begegnete.

„Da draußen liegt einer“, bemerkte der alte Schweizer unnötigerweise.

„Komm, Vatter, gehen wir.“ Der Schwinger hielt Natter fordernd die Hand hin. Der Gendarm gab ihm das Messer, das er in eine Scheide an seinem Gürtel steckte. Sein Jackett verdeckte es.

„Und kommt nicht wieder hierher“, sagte Prinz. „Wir brauchen hier keine Messerhelden.“

„Ich komme seit Jahren hierher“, protestierte der Alte. „Ich bin ein Stammgast. Das müssen wir uns nicht bieten lassen!“

„Dann schreib einen Beschwerdebrief an die Geschäftsführung“, sagte Prinz. „Und jetzt adieu!“ Er betonte es schweizerisch auf der ersten Silbe.

„Ich gehe auch“, sagte Natter.

„Gib mir deine Telefonnummer.“

Natter gab Prinz eine seiner Visitenkarten, auf der sein Name, die Adresse und die Telefonnummer standen.

„Wer macht das Tor auf?"

„Von innen geht es automatisch. Sunny kontrolliert nur, wer reinkommt."

„Also dann, tschau."

„Willst du dich nicht von Liz verabschieden?"

„Sag ihr einen schönen Gruß."

Es war wie im Boulevardtheater: Kaum war Natter durch die eine Türe draußen, kam Holzer durch die andere hereingewankt und brüllte: „Wo ist die Drecksau?"

„Reg dich ab", sagte Prinz. „Er hat die Situation sehr elegant gelöst." Er nahm an, dass Natter gemeint war. Das war ein Irrtum. Wie sich Holzers Geschimpfe entnehmen ließ, hatte er gar nicht mehr mitgekriegt, dass Natter und nicht der Schweizer ihn niedergeschlagen hatte. Prinz ließ ihn in dem Glauben. Holzer verfluchte die beiden Freier, nannte sie *Sauschwyzer, Chaibalöhli und Arschficker* und schlug schließlich der Thailänderin mit der Faust gegen den Kopf, bis Sunny ihn ruhig, aber bestimmt einbremste.

Prinz sah keinen Grund mehr zum Bleiben. Als sie fuhren, überließ er Jelisaweta, die erheblich weniger betrunken war als er, das Steuer.

„Der Typ ist erstaunlich", sagte er. „Er spielt ganz ausgezeichnet Backgammon, und er muss eine Ausbildung im Nahkampf haben. Eine ziemlich gute Ausbildung, würde ich sagen. Wie pudert er?"

„Wie ein Uniformierter", meinte Liz.

Prinz dachte eine Weile über diese Antwort nach.

„Ein Soldat?" fragte er dann.

„Glaube ich nicht."

„Ein Feuerwehrmann?"

Sie lachte.

„Ein Eisenbahner?"

Sie schüttelte den Kopf. „*Mußor*", sagte sie.

„Ja“, murmelte Prinz. „Das habe ich mir auch gedacht. Ein Bulle. Morgen werden wir es genau wissen.“

8

Die Luft war warm, sogar jetzt im Morgengrauen. Der Tag würde heiß werden. Natter hatte Lust, in den See hinauszuschwimmen. Er wusste bloß nicht genau, wo er mit dem Auto ans Ufer kam. Die Generalrichtung war natürlich klar, mit den Schweizer Bergen im Rücken und dem First rechts musste das Seeufer linker Hand sein; er bog also in die erste Nebenstraße ein, die breit genug aussah, um nicht gleich als Sackgasse zu enden.

Die Kalkulation erwies sich als halbrichtig. Die Straße schlängelte sich durch die Riedlandschaft, an Schuppen und Kuhweiden vorbei, endete aber zuletzt in einem großen Parkplatz, auf dem mehrere Autos standen. Vom See war nichts zu sehen, er konnte weit weg sein oder hinter dem nächsten Wäldchen liegen.

Natter stieg aus dem Auto und ging durch die Wiesen in die Richtung, in der er den See vermutete. So weit konnte es bis zu dem verdammten Ufer nicht sein. Das Gras war nass vom Morgentau und an manchen Stellen quatschte der Grund unter Natters Füßen, also war er in einem Feuchtgebiet unterwegs. Das hielt er für ein gutes Zeichen.

Ihm gingen mehr Bilder als Gedanken durch den Kopf, er sah Sunny mit der Knarre im Arm vor sich, er sah Holzer am Boden liegen, vor allem aber sah er, wie Liz nackt auf dem Bett auf ihn wartete. Dieses Bild war gestochen scharf bis hin zu den winzigsten Details wie dem dunkelbraunen Muttermal unter ihrer linken Brust oder der kaum sichtbaren Falte zwischen ihrem Bauch und dem Schamhügel. Er sah es immer wieder, weil er sich nicht entscheiden konnte, ob es ihm gefiel oder nicht, denn einerseits faszinierte es ihn und andererseits musste er ständig daran denken, wie viele Männer dieses Bild gegen angemessene Bezahlung ebenfalls gesehen hatten, sehen konnten und noch sehen würden.

Er dachte auch an das Geld, das er verloren hatte, aber das blieb ein merkwürdig abstrakter Gedanke, so blass, als sei es gar nicht geschehen, oder als könnte es durch etwas ebenso Körperloses wieder ungeschehen gemacht werden ... es gab viel interessantere Eindrücke ... Natter roch an seinen Fingern, worauf der Mechanismus, der in seinem Geist für die Produktion der Erinnerungsbilder zuständig war, näher auf die fast unsichtbare Falte zoomte und zu einem Schwenk ansetzte.

Natter stieg über einen umgefallenen Zaun und bemerkte im hohen Gras vor ihm Bewegung. Es waren Schafe ... und eine Gestalt, die neben einem Baum gestanden hatte, so nah, dass sie optisch mit ihm verschmolzen war, und die jetzt vortrat. Eine Frau. Eine Frau mit straff zurückgekämmtem Haar und langen Hosen, die eine Figur hatte, die sie auch auf den ersten Blick im Morgengrauen als Frau erkennen ließ.

„Obacht!“ rief die Frau und zeigte auf etwas rechts hinter dem Gendarmen, und er hörte im selben Augenblick ein Geräusch, drehte sich herum und sah durch das Gras etwas auf sich zukommen, das ihn im selben Moment schon durch einen heftigen Schlag gegen seinen Oberschenkel von den Beinen riss.

Er sprang schnell wieder auf, fluchte laut und war einen Moment lang verwirrt, bis er erkannte, was vor sich ging: Die Frau hatte das Tier gepackt, das ihn umgerannt hatte. Es war ein Hammel. Sie hielt ihn an den Hörnern und selbst in diesem Augenblick entging Natter das Muskelspiel an ihren nackten Oberarmen nicht. Sie trug eine ärmellose Bluse, die sehr straff saß. Um den Hammel festzuhalten, musste sie alle ihre

Muskeln anspannen. Der Anblick verdrängte Natters innere Bilder.

„Sie sind selber schuld", sagte die Frau keuchend. „Was müssen Sie auch über den Zaun steigen!"

„Der Zaun ist umgefallen", verteidigte sich Natter.

„Das hat auch der Hammel getan, der reißt fast jede Nacht die Koppel zusammen", sagte sie. „Das Viech ist halt aggressiv, aber das muss es sein, sonst bringt es zuchtmäßig nichts. Wenn ich ihn loslasse, greift es Sie gleich wieder an. Haben Sie sich verletzt?"

Natter rieb sich das rechte Bein. „Nur ein Bluterguss, aber der wohl ganz ordentlich", sagte er. „Halten Sie ihn noch einen Moment lang fest, dann stelle ich die Koppel wieder auf."

Er hinkte zwischen den Schafen hindurch, die ihn anglotzten und blökten, und zerrte an dem Zaun, bis er wieder einigermaßen gerade stand. Natter blieb jetzt außerhalb des Zauns.

Die Frau ließ den Hammel los und versetzte ihm einen Schlag mit der flachen Hand. „Blöder Kerl! Musst du immer so bös sein!"

„Sie sagten doch gerade, das müsse er", bemerkte Natter.

„Stimmt ja auch", sagte sie. „Was machen Sie hier? Gehen Sie spazieren? Hier ist eigentlich Privatgrund."

„Ich wollte zum See."

„Zum See?" Sie war sehr erstaunt.

„Ich kenne mich hier nicht aus", sagte Natter. „Ich dachte, da vorne müsse der See sein, und ich wollte eine Runde schwimmen."

Die Frau lachte, ein Lachen, das Natter gefiel. Die Frau gefiel ihm auch. Kein Vergleich mit Liz allerdings. Eine völlig andere Kategorie. Typisch, dass ich am selben Morgen hintereinander zwei Frauen treffe, die mir gefallen, während mir sonst nicht mal *eine* solche begegnet, dachte Natter.

„Da vorne ist der See, aber mindestens drei Kilometer entfernt, und dazwischen wären noch einige Hindernisse. Und zum Schwimmen geht es da überhaupt nicht, da müssten Sie erst mal durch den Schilfgürtel hindurch und dann können Sie eine Viertelstunde durch knietiefes Wasser hinauswaten, bis es mal tief genug wird. Haben Sie denn kein Auto? Fahren Sie doch nach Hard hinüber!"

„Naja", sagte Natter. „Oder nach Bregenz. Aber ich wollte halt jetzt gleich schwimmen."

„Hinken Sie extra so?"

„Wie *extra*?"

„Hat der Hammel Sie wirklich so hart getroffen?"

„Ja, schon", sagte Natter, der nicht simulierte, weil so etwas nicht seine Art war, verblüfft. „Klar tut es weh."

Die Frau sah ihn forschend an. Mittlerweile war es so hell, dass Natter sehen konnte, dass sie grüne Augen und blondes Haar hatte. Und dass sie keinen Büstenhalter trug und auch keiner nötig war. Hinter ihr stand der Hammel und starrte Natter aus gelben Augen an. Die Schafe interessierten sich nicht mehr für ihn. Sie rauften Klee ab und glotzten zwischendurch ins Leere.

„Wenn Sie möchten, lade ich Sie zum Frühstück ein. Als Ausgleich für den Bluterguss."

Natter, durch die Frau außergewöhnlich inspiriert, zog in Betracht, zu fragen, ob sie den blauen Fleck sehen wolle. Ein Instinkt warnte ihn, den Scherz anzubringen.

„Frühstück?" sagte er. „Gern."

Sie stieg über die Koppel und ging schweigend vor ihm her. Hinter einem Gebüsch erkannte Natter jetzt ein Hausdach.

„Was ist denn das für eine Rasse?“

„Merino.“

Dass sie jetzt so kurz angebunden war, ließ in dem Gendarmen den Eindruck entstehen, es reue sie schon, ihn eingeladen zu haben. Er bemühte sich, nicht zu hinken, weil er jeden Eindruck vermeiden wollte, er schinde Mitleid.

„Sie sind ein Wälder, oder?“ sagte sie.

„Ja“, erwiderte er schnell. „Ich heiße Johann Natter.“

„Ich heiße Sabine“, sagte sie. Ein Modename der Sechziger, dachte sich Natter, der aus den Protokollen wusste, welche Jahrgänge welche Namen trugen. Auf dreißig hätte er sie auch geschätzt.

„Gehen Sie oft am Morgen schwimmen?“ Offenbar wollte sie jetzt doch Konversation machen.

„Nein, eigentlich ist mir diese Idee heute zum ersten Mal gekommen. Ich bin eben erst versetzt worden.“

„Versetzt?“

„Ich bin Gendarm.“

„Oh?“ Sie erklärte diesen leisen Ausruf nicht weiter. „Aber nicht im Dienst?“ fügte sie nach einer Weile hinzu.

Natter schaute auf die Uhr. „Erst ab acht wieder.“

„Zeit genug zum Frühstücken“, erwiderte sie. „Warten Sie, hier gibt’s die Eier.“ Sie zeigte auf den Hühnerstall, vor dem sie jetzt standen.

Natter sah zu, wie sie einen Korb aufhob, der vor dem Stall stand und Eier aus den Nestern nahm.

„Grüne Eier!“ rief er überrascht aus.

„Araukaner-Hühner“, sagte sie, als sei damit alles erklärt. „Sie sind nicht auf einem Bauernhof aufgewachsen, oder?“

„Nein“, erwiderte Natter. „Im Wald gibt’s nicht nur Bauern.“ Auch wenn das alle zu glauben scheinen, fügte er in Gedanken hinzu.

„Das ist das Haus von meinen Eltern“, sagte die Frau. „Aber früher gab es hier bloß Hühner und Enten, die Schafe sind meine Idee. Nicht mal mein Mann wollte sie.“

„Sie sind verheiratet?“

„Mein Mann ist gestorben.“

„Tut mir leid.“

„Ist schon ein paar Jahre her.“

Wenn er nicht viel älter als sie gewesen war, musste er eines ziemlich unnatürlichen Todes gestorben sein, dachte Natter. Sie waren jetzt an der Haustür, die halb offen stand. In der Tür wartete ein barfüßiger kleiner Junge.

„Bist du schon auf, Hansi?“ Sie nahm ihn auf und gab ihm einen Kuss auf die Wange. Das Kind lächelte Natter an.

„Hallo, Kleiner“, sagte der Gendarm.

In der Stube saßen ein grauhaariger Mann und eine Frau mit derselben Frisur wie Sabine vor großen Kaffeetassen.

„Das ist Johann Natter“, sagte Sabine. „Der Frodo hat ihn gerade umgerannt, deshalb hab ich ihn zum Frühstück eingeladen. Das sind meine Eltern.“

Natter gab den beiden die Hand. Dem Mann sah man an, dass er sich beim Frühstück gestört fühlte, die Frau lächelte herzlich und fragte Natter, ob er sich weh getan hätte. Er verneinte und erzählte, wie er auf ihren Grund geraten war. Die beiden fanden es auch komisch, dass er geglaubt hatte, hier könne er irgendwo schwimmen gehen.

Sabine fragte ihn, ob er Speck mit Spiegeleiern wolle oder lieber ein weiches Ei. Natter entschied sich für das weiche Ei und konnte gerade noch verhindern, dass ihm Milch in den Kaffee gegossen wurde. „Ich trinke ihn immer schwarz“, erklärte er.

Es gab eine kleine Pause, weil man sich ja eigentlich nichts zu sagen hatte, in die Hansi mit der Nachricht hineinplatzte, der Fuchs sei wieder da. Er tat das, indem er etwas wie „Fuzz“ rief und aus dem Fenster zeigte.

Tatsächlich strich ein Fuchs um das Haus, und er hatte es nicht einmal eilig. Die Hühner waren allerdings hinter einem gut schließenden Drahtzaun. Sabines Vater polterte zur Tür hinaus. Als er draußen auftauchte, trollte sich der Fuchs.

„Ist er tollwütig?“ fragte Natter. „Oder zahm?“

„Weder noch“, sagte Sabine. „Nur frech wie Oskar. Das ist nicht das erste Mal, dass er nachsehen kommt, ob er nicht doch einmal ein Huhn erwischt. Aber der Hansi passt auf! Wenn er in die Schule muss, brauchen wir einen Hund!“

Jetzt hatten sie ein Gesprächsthema. Auch der Vater, der zu seinem Kaffeehäferl zurückgekehrt war, breitete aus, was er über Füchse wusste. Zwar stimmte so gut wie nichts davon, wenn sich Natter recht an eine *Universum*-Sendung erinnerte, die er unlängst über Füchse gesehen hatte, aber das tat dem Smalltalk keinen Abbruch, eher im Gegenteil.

Der Kaffee war viel besser als der im Gendarmeriekommando, und die grünen Eier schmeckten wie die üblichen weißen oder braunen. Natter aß mit Appetit. Zu den Nachwirkungen des Whiskykonsums gehörte das Gefühl, innen hohl zu sein und diesen Hohlraum mit warmem Essen ausfüllen zu müssen.

„Wie lange fahre ich von hier bis zum Bregenzer Bahnhof?“ erkundigte sich Natter schließlich mit einem Blick auf seine Armbanduhr.

„Jetzt ist noch nicht viel Verkehr", sagte Sabines Vater. „Zwanzig Minuten vielleicht. Es gibt Tageszeiten, wo man eine Stunde braucht, aber jetzt kann es noch kein Problem sein."

„Ich muss ja zuerst noch zu meinem Auto zurück, das steht irgendwo da drüben." Natter musste feststellen, dass er nicht genau wusste, welchen Winkel zu seinem vorigen Weg sie nach der Hammelattacke eingeschlagen hatten, aber der Wagen konnte nicht allzu weit entfernt sein. Er trank seine Kaffeetasse leer, in die ihm mittlerweile zweimal nachgeschenkt worden war.

„Für so ein Frühstück lass ich mich öfter von einem Hammel niederrennen", sagte er und wischte sich mit der Papierserviette, die er zum Ei bekommen hatte, den Mund.

„Sie wissen ja, wo Sie Frodo finden, wenn Sie mal wieder am Morgen den See suchen", meinte Sabine. Natter sah den nachdenklichen Blick, mit dem ihre Mutter sie daraufhin betrachtete. Er interpretierte ihn gleich zu seinen Gunsten: Diese Sabine machte nicht mit jedem Mann, den sie morgens im Schafgatter fand, solche Scherze. Mit ihm aber schon. Darüber konnte er später nachdenken, zum Beispiel beim Autofahren.

Er stand auf, wechselte mit den Eltern einen Händedruck und nahm Hansis weiche kleine Patschhand zwischen Daumen und Zeigefinger. Sabine brachte ihn zur Haustür.

„Das Auto finden Sie, nehme ich an", sagte sie mit einem Lächeln in den Mundwinkeln.

„Es steht auf so einem Parkplatz am Ende einer Sackstraße."

„Ah! Das ist da drüben, da können Sie abkürzen, indem Sie einfach da vor gehen."

„Ich möchte Frodo nochmals bei vollem Tageslicht ins Auge sehen."

„Na schön, grüßen Sie ihn von mir. Und falls er den Zaun schon wieder umgerissen hat, dann passen Sie diesmal auf, dass Sie Frodo rechtzeitig sehen. Er greift an, wenn Sie sich ihm auf mehr als 15 Meter nähern, und er kommt immer von schräg hinten – wenn Sie ihn lassen."

„Ich werde mich vorsehen."

Er drückte ihre Hand. „Darf ich mal wieder vorbeikommen?"

„Warum nicht? Aber vielleicht eher am Nachmittag."

Er nickte und machte sich auf den Weg.

Der Zaun stand noch. Die Schafe blökten, Frodo betrachtete Natter aus opaken gelben Augen. Der Gendarm drehte sich ein paar Mal um, als er wegging, weil er fast erwartete, dass das Tier den Zaun umwerfen und ihm nachlaufen würde, aber der Hammel hatte offenbar heute Vormittag andere Pläne. Als Natter sich zum letzten Mal umdrehte, machte sich Frodo gerade über ein schwarzgesichtiges Schaf her. Das erinnerte den Gendarmen an seine Nummer mit der Russin.

Daran dachte er während der ganzen Fahrt zum Kommando, und deshalb kam er dort auch mit so etwas Ähnlichem wie einer Morgenlatte an, die sofort abschwoll, als die Torwache ihm sagte, Jäger habe schon nach ihm gefragt.

9

Jäger wartete keineswegs wütend auf Natter, wie dieser einen Moment lang geglaubt hatte (aber warum sollte Jäger zornig auf ihn sein, er konnte ja von den Abenteuern dieser Nacht nichts wissen), sondern hatte lediglich aus irgendeinem Grund angenommen, Natter sei jemand, der aus lauter Übereifer früher als notwendig zum Dienst kommen werde. Als Natter also durchaus rechtzeitig eintraf, fragte er ihn bloß, ob ihm die Sightseeing-Tour einen brauchbaren Eindruck vermittelt habe.

„Ja“, sagte Natter. „Etwas anderes als in den Dörfern, wo ich früher war, ist es schon. Aber in Lustenau habe ich auch schon einiges mitgekriegt. Übrigens ... darf ich Sie etwas fragen?“

Jäger, der gerade seine cremefarbene linke Schuhspitze betrachtet hatte, sah überrascht auf. „Etwas fragen? ... Natürlich, was denn?“

„Ich habe mir abends ... das war auf einen Vorschlag des Kollegen Gleissner hin ... also deswegen bin ich am Abend in dieses Dingsda, die *Villa oscura* ... äh ... gegangen – er meinte, ich solle mir das von innen ansehen und mit meinem eigenen Auto hinfahren, weil sie seines kennen ...“

Jäger hörte dem Gestammel mit wachsender Verblüffung zu, bis er begriff, dass Natter an dem Geständnis herumwürgte, außerdienstlich in einem Puff gewesen zu sein. Er verbiss sich mühsam das Lachen und sagte: „Sie waren gestern Abend in der *Villa oscura*. Interessant. Haben Sie etwa eine KPM gemacht?“

Natter war so verwirrt, dass er einen Moment lang glaubte, Jäger frage ihn nach einer ausgefallenen Perversität, bis ihm klar wurde, dass es nur die Abkürzung für *Kriminalpolizeiliche Wahrnehmungsmeldung* gewesen war. Ohne Ironie hinter Jägers Frage zu vermuten, antwortete er erleichtert: „Ja, einer der Angestellten dort hat eine unzulässig verkürzte Remington."

Ist das nicht ein Rasierapparat? Oder eine Schreibmaschine?, fragte sich Jäger, der sich kaum für andere Waffen als seine eigene *Glock* interessierte. Er erriet allerdings, worum es ging.

„Sehr interessant", sagte er. „Haben Sie sonst noch etwas bemerkt?"

Daraufhin erzählte Natter erst stockend, dann immer fließender seinem mit wachsendem Interesse zuhörenden Chef in groben Zügen die Geschehnisse der vergangenen Nacht, wobei er verschwieg, dass er Holzer niedergeschlagen und eine derart hohe Summe verloren hatte. So blieb unklar, warum ihm Prinz die Visitenkarte gegeben hatte, aber Jäger schien das nicht zu stören.

Er rieb sich die Nase und betrachtete Natter nachdenklich, als dieser mit seinem Bericht zu Ende war.

„Schön", sagte er nach einer Weile. „Sehr interessant. In der Tat, sehr interessant. Prinz kennen wir. Wenn ich jemandem erklären sollte, was das Wort *halbseiden* bedeutet, würde ich Prinz als Illustration verwenden. Dieser abgebrochene Wirtschaftsstudent mit seiner Klugscheißerei von den Angebotsmärkten! Eines Tages fällt er auf die Schnauze, das passiert nämlich jedem, der sich mit hochkarätigen Unterweltlern einlässt, weil er glaubt, er sei so schlau, dass *er* die Regeln der Partie mit ihnen bestimmen kann. Großer Fisch ist der Prinz keiner, aber vielleicht ein guter Pilotfisch für Haie wie Rosegger. Eine andere Frage: Sind Sie wirklich so gut in Backgammon? Spielen Sie professionell?"

„Ich wusste nicht einmal, dass das Spiel so heißt, ich kannte es unter dem Namen *Tavla*. Wissen Sie,

Herr Major, unsere Nachbarn waren Türken. Mein Vater war nicht sehr begeistert davon, dass ich ständig bei denen hockte, dachte sich aber, wenn er mir verbieten würde, mit den Nachbarskindern zu spielen, täte ich es heimlich um so eher. Also sagte er nichts dazu, dass Erol mein bester Freund wurde."

„Erol Dingsbums, der Boxer?"

„Erol Kurban, ja. Sie kennen ihn?"

„Ich gehe manchmal zu den Kämpfen. Sind nicht morgen welche?"

„Doch. Erol ist auch ein sehr guter *Tavla*-Spieler, er hat es von seinem Onkel gelernt, und der war ein Profi. Wenn wir mal eine Minute still gesessen sind – was nicht oft vorkam –, dann haben wir *Tavla* gespielt. Ich glaube, es ist mir echt in Fleisch und Blut übergegangen. Ich wusste gar nicht, wie gut ich bin, ich habe wirklich lange gedacht, die anderen spielen einfach schlecht. Ich trete gegen jeden an."

„Kennen Sie die Wahrscheinlichkeitsverteilungen für die Augenzahlen?"

„Was?"

„Vergessen Sie es. Schön, Sie sind also ein guter Backgammon-Spieler. Das ist natürlich nützlich, nachdem unsere Milieu-Bosse dieses Spiel favorisieren. Da könnten Sie am Ball bleiben."

„Das war es eigentlich, was ich fragen wollte."

„Was wollten Sie fragen?"

„Ich meine – nachdem ich diesen Kontakt geknüpft habe – ob ich nicht – äh – also sozusagen *undercover* – "

„Das können Sie sich gleich komplett abschminken", sagte Jäger. „Es ist völlig undenkbar, dass Sie als absoluter Frischling so eingesetzt werden. Was glauben Sie denn! Für so eine Sache haben Sie nun wirklich keine Ausbildung. Ihr Kontakt mit diesem Prinz mag ja ganz nützlich sein, aber forcieren Sie nichts! Und ganz offiziell sage ich Ihnen nochmals: Vergessen Sie es! Das kommt wirklich überhaupt nicht in Frage!“

Und inoffiziell? Natter fragte es nicht.

„Noch etwas“, sagte Jäger, der jetzt wieder den Blick auf seinen Schuhen ruhen ließ. „Wenn Sie sozusagen mit Türken aufgewachsen sind – können Sie dann nicht ein bisschen Türkisch?“

„Aber ja“, erwiderte Natter bereitwillig. „Ich verstehe es ganz gut, und ich kann es auch einigermaßen sprechen, zumindest versteht man mich. Aber fließend lesen oder schreiben kann ich es nicht.“

Jäger starrte ihn an.

„Ich treffe Erol ja auch regelmäßig“, fügte Natter hinzu, der sich unter Jägers intensivem Blick unbehaglich zu fühlen begann.

„Sie verstehen es ganz gut?“

Natter nickte. Worum ging es eigentlich?

Jäger telefonierte mit den *Giftlern.* Sekunden später trat ein etwa fünfzigjähriger Beamter, den Natter schon am vorigen Morgen gesehen hatte, ins Büro.

„Das ist Abteilungsinspektor Franz Kammerlander, der Gruppenleiter der Suchtgiftabteilung“, stellte Jäger vor. „Franz, rate mal, was unser junger Freund hier kann?“

„Was er kann?“ wiederholte Kammerlander. „Ich weiß nicht – was kann er denn?“

„Er kann phänomenal *Tavla* spielen.“

„Toll“, sagte Kammerlander trocken. „Ich könnte das sicher nicht. Aber was ist *Tavla* überhaupt?“

„Ts, ts, dein Bildungsstand ist befremdlich niedrig, Franz.“

„Das liegt ausschließlich an der Höhe unserer Bildungszulage.“

„Also *Tavla*, das ist ein türkisches Brettspiel.“

Kammerlander nickte. „Das ist wirklich sehr interessant."

Jäger lehnte sich zurück. „Mann, Franz, ich sage dir, der Junge hier kann Türkisch!"

Jetzt sah man dem Suchtgiftfahnder sein plötzlich erwachtes Interesse an. „Im Ernst?"

„Sagen Sie mal was Türkisches", forderte Jäger Natter auf.

„Bir finçan çay", sagte Natter.

„Toll", sagte Kammerlander, diesmal mit echter Begeisterung. „Klingt genau richtig. Können Sie mal was mit dem i ohne Punkt sagen?"

„Alah'a ısmarladık."

„Würden Sie türkische Telefongespräche verstehen?"

„Hab ich noch nie versucht. Ich meine, ich habe schon mit Erol auch mal auf Türkisch telefoniert, obwohl wir meistens deutsch sprechen, aber kaum mit jemand anderem. Es kommt natürlich auch auf den Dialekt des Sprechers an, aber ich glaube eigentlich schon, dass ich's verstehen würde."

Jäger und Kammerlander sahen sich an.

„Er kommt sofort zu dir, nicht zu *Leib und Leben*. Ich rede nachher gleich mit Hollenstein. Dem nützen Natters Türkischkenntnisse nichts, aber dir schon."

Kammerlander nickte grinsend. „Ich brauch' alles, was sich gegen den Ünlüel einsetzen lässt." Er streckte Natter nochmals die Hand hin. „Willkommen bei der Suchtgiftabteilung! Wir duzen uns alle. Ich bin der Franz."

„Johann."

„Ich werd' dich Joe nennen."

„Okay", sagte Natter.

Jäger schaute auf die Uhr. „Zeit zur Frühbesprechung. Wir sehen uns alle gleich mal im Medienraum."

Bei der Besprechung erfuhr Natter den vollständigen Namen des Mannes, hinter dem Kammerlander her war: Bekir Tarık Ünlüel, Besitzer zweier Gasthäuser, eines Clubs, eines Gemüseladens und einer Reihe von Videotheken, stand unter dem dringenden Verdacht, einer der großen Drahtzieher des Heroinhandels im Land zu sein. Er galt als das schwarze Schaf seiner Familie – einer seiner drei Brüder war sogar ein Hodscha. Man hatte Bekir zwar noch nichts Konkretes nachweisen können, aber Hinweise von V-Leuten und Aussagen von Kleindealern hatten das Netz eng genug zusammengezogen, dass ein Richter die Genehmigung zum Telefonabhören gegeben hatte. Seit ein paar Tagen wurde das schöne, alte, von einem Park umgebene Haus, in dem Ünlüel in Hörbranz wohnte, rund um die Uhr observiert. Jedes vorfahrende Auto wurde fotografiert, jede Personenbewegung aufgezeichnet. Bisher war bei alldem allerdings nichts herausgekommen, aber Kammerlander zeigte sich hartnäckig optimistisch.

Heute Vormittag stand für die *Giftler* allerdings ein anderer Einsatz auf dem Plan: Ortsgendarmen hatten im Oberland eine kaum getarnte Hanfplantage entdeckt. Zu ihrer Vernichtung hatte man die Presse eingeladen.

„Sie können sicher mit einer Sense umgehen", sagte Kammerlander zu Natter.

„Nein", erwiderte der. „Warum sollte ich?"

„Sie sind doch ein Wälder, oder? Kommen Sie nicht von einem Bauernhof?"

Natter musste sich bemühen, sein „Nein" nicht allzu kurz angebunden klingen zu lassen.

Als er im Gang Gleissner traf, blieb er stehen.

„Du, ich muss dich noch was fragen – was ist ein *Intergirl*?"

„Das ist der Titel von einem Film."

„Das weiß ich schon, aber es muss ja auch irgendetwas bedeuten."

„Das ist eine Valutahure, glaube ich."

„Eine Valutahure?"

Gleissner seufzte über soviel Begriffsstutzigkeit. Dann holte er zur Erklärung aus: „Schau, bei uns gibt es vier Kategorien von Huren. Die unterste, das sind die vom Straßenstrich, dann kommen die Nutten, die in Lokalen herumhängen, darüber die Apartment- und Puffschwalben, und zuletzt die feinen Call-girls, an die wir nur rankommen, wenn ein Politiker oder Kleriker direkt auf oder unter ihnen einen Herzanfall kriegt und sich die Sache nicht mehr vertuschen lässt. In Russland, wo die *Intergirls* zuhause sind, sieht es ein klein wenig anders aus. Ich war zwar nicht dort, aber es gibt ja Literatur dazu, und die habe ich gelesen. Angeblich ist die Lage so: Dort gibt's die Bahnhofshuren, die sind das Allerletzte, was Einkommen, Gesundheit und Aussehen betrifft, hauptsächlich syphilitische Alkoholikerinnen. Dann kommen die Rucksacknutten, die ständig mit den Fernfahrern unterwegs sind. Klingt vielleicht romantisch, aber die müssen's in vielen Fällen für Unterkunft und *butterbrod* machen. Butterbrot heißt auf Russisch *butterbrod*, hast du das gewusst? Nein. Leicht zu merken. Dann gibt's die *Sowjetnutten,* die in Restaurants arbeiten, und an denen immer mehrere Zuhälter parasitieren. Ganz oben vögeln die Valutanutten, die nicht für Rubel anschaffen, sondern für harte Auslandswährung. Da das verboten ist, müssen sie eine Menge Gesocks schmieren, um ihren Job tun zu können. Alles kein Spaß, wahrscheinlich noch schlimmer als bei uns, deshalb kommen sie ja scharenweise in den Westen. Bei den Deutschen ist schon jede fünfte Nutte eine Ausländerin, Tendenz steigend, bei uns geht's mit der üblichen Verzögerung auch in diese Richtung. Hast du eine Russin getroffen?“

„Nein“, log Natter. „Ich wollte bloß mal wissen, was ein *Intergirl* ist, weil ich das an einer Bar gesprächsweise aufgeschnappt habe.“

„Schau dir den Film an, der ist nicht schlecht.“

„Mach ich. Übrigens: Ich bin der Suchtgiftabteilung zugeteilt worden.“

„Hab’s gehört. Mach dir nichts draus.“

„Wieso sollte ich?“

Gleissner zuckte die Achseln. „Der eine nimmt dies ernst, der andere das. Mir wär’s zu blöd, irgendwelchen Wichsern ihre drei Gramm Shit abnehmen zu müssen. Wir haben ganz andere Probleme, glaube ich.“

Darauf wollte Natter nicht eingehen. Er dankte Gleissner für die Auskunft und ging in die Garage hinunter, wo die ganze Suchtgiftabteilung mit Ausnahme der beiden Männer, die jetzt Ünlüels Haus überwachten, sich zum Aufbruch zur Strafexpedition in die Hanfplantage fertigmachte. Sie waren alle besser angezogen als üblich, weil die Pressefritzen ja fotografieren würden. Da wollte man ja nicht aussehen wie ein schäbiger kleiner Beamter.

10

Während der Fahrt in dem VW-Bus lernte Natter seine neuen Kollegen kennen. Als Fahrer war wie üblich der jüngste Beamte eingeteilt worden, ein Lustenauer namens Hämmerle mit auffallend blauen Augen. Neben dem Gruppenleiter und Hauptsachbearbeiter für Handel, dem Abteilungsinspektor Kammerlander, gab es den Sachbearbeiter für Handel, einen dicken Gruppeninspektor, der Blum hieß, und den bulligen und nicht besonders gescheit aussehenden Sachbearbeiter für Konsum, Degenhard, ein Bezirksinspektor. Die beiden anderen Beamten, Moser und Loser, waren Revierinspektoren. Bis auf Kammerlander, der einen Anzug trug, waren alle sommerlich leicht gekleidet. Hämmerle hatte etwas an, das wie ein Freizeitanzug aussah, Degenhard trug ein Polohemd, Moser und Loser kurzärmlige Hemden mit braven Karomustern. Natter, der sich seit gestern nicht umgezogen hatte, fragte sich, ob er stark nach Schweiß roch.

Kammerlander gab in einer an Schwiegermutterwitze erinnernden Art Hämmerle Anweisungen, wie er fahren solle, Blum und Degenhard glotzten vor sich hin, und die beiden Revierinspektoren unterhielten sich über den Mann, der den Hanf angebaut hatte, der heute von ihnen zwecks Vernichtung geerntet werden sollte. Es handelte sich laut Loser um einen Spinner, der zu seinem Cannabisanbau stand und diese Anschauung auch bei der Verhandlung vertreten wollte. Natter fragte, wie viel er kriegen würde. Degenhard mischte sich ins Gespräch und sagte, das hänge vom THC-Gehalt der Stauden ab, bei geringem Gehalt werde es sich nur um ein Vergehen handeln, bei höherem um ein Verbrechen. Ohne sich umzudrehen, sagte Hämmerle, es sei ja irgendwie merkwürdig und schwer nachvollziehbar, wenn ein Strafmaß von der Sonneneinstrahlung und sonstigen Wachstumsfaktoren abhänge, auf die der Täter ja gar keinen Einfluss habe.

Kammerlander sagte, er solle endlich den Bus überholen, hinter dem sie gerade aufgeschlossen hatten.

„Dann muss ich mindestens 140 fahren“, bemerkte Hämmerle.

„Dann fährst du eben 140“, sagte Kammerlander.

Hämmerle stieg aufs Gas und zog an dem Bus vorbei. Er war voll halbwüchsiger Schüler, von denen einer den Beamten den Mittelfinger zeigte. Der Busfahrer ignorierte sie.

Kammerlander lief wegen des Mittelfingers rot an vor Wut.

„Wenn wir mehr Zeit hätten, würde ich ihn herausholen“, sagte er.

„Dann könnte publik werden, dass wir 140 fahren“, bemerkte Hämmerle. Natter fragte sich, wieso es ihnen an Zeit mangeln sollte. Dann fiel ihm ein, dass ja die Presse wartete. Kammerlander trug nicht zufällig an diesem heißen Tag einen Anzug.

Es wurde dann aber doch später, denn sie verfuhren sich zunächst einmal und erst nach erheblichem Fluchen Kammerlanders und einigem Suchen fanden sie den richtigen Ort anhand der umherstehenden Autos der Presseleute.

„Da oben ist es“, sagte der Gruppenleiter und wies einen grasigen Abhang hinauf. „In einer Mulde. Ziemlich schlau gemacht, aber halt doch nicht schlau genug.“ Ein Gendarm des nächstgelegenen Postens hatte zufällig die Hanfpflanzen entdeckt, als er sich für einen gemütlichen Schiss in die Büsche schlug. Da die Dorfgendarmen einen einschlägigen Kurs absolviert hatten, erkannten sie nun Hanf, wenn sie welchen zu Gesicht kriegten. Der hier war tatsächlich kaum zu übersehen, stellte Natter fest, als sie den Abhang hinaufgegangen waren und nun eine Geländemulde vor sich hatten, in der *Cannabis sativa* übermannshoch wuchs.

„Die Dinger sind ja zwei Meter hoch", staunte Natter.

„Hanf kann unter günstigen Bedingungen über fünf Meter hoch werden", bemerkte Hämmerle, der neben ihm her ging.

Die wartenden Journalisten waren eine blonde, etwa fünfundzwanzigjährige Frau, ein bebrillter Jüngling und ein älterer Mann, der zwar keinen betrunkenen Eindruck machte, aber kräftig nach Alkohol roch. Es war neun Uhr früh.

Kammerlander begrüßte alle drei per Handschlag und erhielt auf seine lautstarke Vorstellung, wer er sei, gemurmelte Antworten, bei denen die Namen der Betreffenden gar nicht und die Namen der Zeitungen kaum zu verstehen waren.

„Ja, Männer", wandte sich Kammerlander an seine Truppe. „Das Zeug muss raus aus dem Boden! Dann also an die Arbeit!"

Der Hanf klebte, wie Natter beim ersten Anfassen feststellte. Er schnupperte an seinen Fingern. Kein unangenehmer Geruch. Er kannte ihn schon von früheren Beschlagnahmen im Lustenauer Revier.

„Er muss mit den Wurzeln raus", rief Kammerlander. „Sonst gibt's hier im nächsten Jahr wieder eine Ernte!"

„Hanf ist einjährig", sagte Hämmerle ruhig.

Die Journalistin hatte es gehört und hakte nach: „Dann könnte man ihn einfach abschneiden?"

„Natürlich", sagte Hämmerle. Kammerlander starrte ihn an und meinte dann: „Gut, machen wir uns nicht zu viel Arbeit! Wir schneiden ihn ab."

Im Bus lagen Gartenscheren, Spaten, Messer und andere Hilfsmittel. Natter schnappte sich eine Schere und begann, die dicken, verholzten Stängel abzuschneiden. Manche leisteten erheblichen Widerstand. Die Journalisten fotografierten.

Kammerlander baute sich mit einem Büschel extra für ein Foto des Bebrillten auf. Von Zeit zu Zeit warf er einen scheelen Blick auf die Journalistin, die mit Hämmerle sprach und von ihm Fotos machte.

Natter arbeitete systematisch und kümmerte sich um nichts anderes.

Es war ziemlich viel zu ernten. Wenn der Hanfbauer Pech hatte und das Zeug stark THC-haltig war, würde er ganz schön drankommen.

„Fertig", rief Kammerlander schließlich. Er stapfte zu den drei Zeitungsleuten hinüber, die jetzt beisammen standen und miteinander redeten.

„Wenn Sie noch Fragen haben, stehe ich gerne zur Verfügung."

Die anderen Beamten traten auch näher. Der geerntete Hanf lag vor dem Auto. Die Mulde sah jetzt sehr kahl aus.

„Wie viel Harz könnte man denn nun aus diesen Pflanzen gewinnen?" fragte der ältere Journalist mit der Bierfahne.

„Das können wir nicht so genau sagen, aber sicher eine ganze Menge. Die Pflanzen sind groß und klebrig. Das ist ein ganz schöner Fang, auch wenn es sich um lokal Angebautes handelt. Die größte Menge an einheimischem Gras, die wir bis jetzt beschlagnahmt haben."

„Was geschieht jetzt damit?"

„Es wird analysiert, weil für den Prozess der THC-Gehalt wichtig ist, dann wird das Material vernichtet."

„Ich hätte auch noch eine Frage", sagte die Journalistin.

Kammerlanders Brustumfang nahm deutlich sichtbar zu, während er sich ihr zuwandte. „Ja, was wollen Sie denn wissen?“

„Der Anzug, den Ihr Kollege da anhat, ist der nicht aus Hanffasern?“

„Was?“

Sie zeigte auf Hämmerle. „Der ist doch aus Hanf, oder?“

Hämmerle nickte.

Kammerlander bewegte die Lippen, ohne etwas zu sagen.

„Dieser Anzug ist aus Hanf, ja“, sagte Hämmerle, um die Pause zu überbrücken.

„Hab ich mir doch gleich gedacht“, log die Journalistin, der es der Gendarm gerade vorhin selbst gesagt hatte. „Sieht eindeutig nach Hanffaser aus. Wo gibt es denn so was zu kaufen?“

„Ich war ein paar Tage in Berlin auf Urlaub, dort war ein Shop für Waren aus Hanf, da habe ich ihn erstanden.“ Die beiden Männer fotografierten ihn jetzt. Der jüngere sagte: „Könnten Sie nicht ein paar Hanfstängel in die Hand nehmen, das wär ein gutes Motiv, so Rohstoff und Endprodukt.“

„Dieser Hanf hier ist nicht angebaut worden, um Kleider daraus zu machen“, fuhr Kammerlander auf.

„Darf ich, Chef?“ erkundigte sich Hämmerle mit dem strahlendsten Lächeln.

„Ich glaube nicht, dass es gut ist, wenn junge Beamte in der Zeitung erscheinen“, sagte Kammerlander streng. „Mein Gesicht kennt jeder Ganove, weil ich Abteilungsleiter bin, aber für dich ist es nur vernünftig, wenn du so anonym wie möglich bleibst.“

Hämmerle zuckte die Achseln. „Tut mir leid“, sagte er zu der Journalistin. „Aber das ist schon richtig, was der Chef da sagt.“

„Ich könnte ja die Stauden in die Hand nehmen", bot sich Kammerlander an.

„Aber ihr Anzug ist doch aus Polyester, oder?" sagte der Mann mit der Bierfahne.

„Wollen Sie jetzt den Hanf fotografieren oder eine Modeschau?" fragte der Gruppenleiter.

„Naja, den Hanf haben wir schon."

„Sind das männliche oder weibliche Pflanzen?" erkundigte sich der junge Journalist mit der Brille.

„Weibliche", sagte Kammerlander.

„Männliche sind auch dabei", warf Hämmerle ein. „Ich zeige sie Ihnen." Er ging zu dem Haufen hinüber und zog zwei Pflanzen heraus. „Das ist hier Femelhanf, also ein Männchen, und das hier ist eine Hanfhenne. Übrigens gibt es auch Intersexformen, aber hier sehe ich keine."

Kammerlanders Gesichtsfarbe wirkte ungesund. Ein Glück, dass die Zeitungsleute nur schwarz-weiß fotografieren, dachte sich Natter. Blum und Degenhard sahen betreten aus, Moser und Loser schienen das Lachen nur mühsam verbeißen zu können. Sie hatten sich etwas weggedreht und schauten mit Pokergesichtern in die Landschaft hinaus. Wahrscheinlich wären sie herausgeplatzt, wenn sie sich angesehen hätten.

„Ich hoffe, Sie gehören nicht zu diesen Leuten, die ständig in den Zeitungen für eine Liberalisierung eintreten", sagte Kammerlander zu den Journalisten, offenbar im Begriff, die *Guter-Bulle*-Routine aufzugeben.

„Ich nicht", sagte der ältere Mann. „Ich wüsste wirklich nicht, was dafür sprechen sollte."

„Manche Argumente gibt es schon", bemerkte der junge Journalist. „Fiele nicht beispielsweise die Folgekriminalität weg?"

„Dafür gäbe es aber viel mehr Süchtige und damit ein erheblich größeres Gesundheitsproblem. Schließlich ist Haschisch eine Einstiegsdroge“, sagte Kammerlander.

„Es gibt eine Menge Fachleute, die genau das bestreiten“, warf die Frau ein. „Man kann doch ebenso gut sagen, dass Nikotin oder Alkohol Einstiegsdrogen sind, als Einstieg in die Bereitschaft nämlich, überhaupt Drogen zu nehmen.“

„Ich kenne diese Argumentation und ich weiß auch, aus welcher Ecke sie kommt“, sagte Kammerlander. Dann verlor er endgültig die Beherrschung. „Sagen Sie, sind nicht Sie mal mit zehn Gramm geschnappt worden?“

Sie blieb völlig ruhig. „Mit drei Gramm. Und nicht von Ihnen, sondern von Ihrem Vorgänger Zimmermann. Der ist ja jetzt suspendiert, soviel ich weiß, weil er besoffen ein Kind tot gefahren hat.“

„Naja, wenn Sie das so genau wissen.“ Kammerlander drehte sich um, stapfte zum Wagen und begann, die Hanfpflanzen hineinzuwerfen. Seine Kollegen folgten ihm, einen Gruß zu den Journalisten murmelnd.

Die Rückfahrt verlief zunächst in eisigem Schweigen.

Schließlich sagte Kammerlander zu Hämmerle, der mit unbeweglicher Miene hinter dem Steuer saß: „Wieso trägst du so einen Anzug?“ Man hörte, wie er sich bemühen musste, seine Stimme neutral klingen zu lassen.

„Weil Hanf viel saugfähiger, reißfester, haltbarer und weicher ist als Baumwolle. Außerdem braucht er keine Pestizide.“

Auf diese Antwort gab es ein langes Schweigen. Dann sagte Kammerlander: „Ich meine, warum hast du gerade heute diesen Anzug an?“

„Ich trage ihn jede Woche ein-, zweimal. Er ist einfach angenehm zu tragen. Ein wirklich feines Material. Übrigens enthält es überhaupt kein THC."

„Dann kannst du es also nicht streifenweise rauchen?" Das war Moser, der die Atmosphäre mit einem Witz zu entspannen versuchte.

Hämmerle lächelte dünn. Niemand lachte. Kammerlander sagte nach einer Weile: „Wie lange willst du noch hinter diesem Laster herfahren?"

Ohne ein Wort zu sagen, erhöhte Hämmerle die Geschwindigkeit des frisierten Busses auf 160 und zog an dem Lastwagen vorüber.

Natter dachte sich, man hätte den älteren Journalisten in den Alkomaten blasen lassen sollen. Dann überlegte er, ob sich Kammerlanders Laune auch auf seine Einteilung zur Arbeit auswirken würde.

Sie fuhren über den Weidachknoten, der gesperrt war. Normalerweise kostete das fünfhundert Schilling, aber die Kollegen, die heute kontrollierten, winkten ihnen grinsend zu.

Hämmerle erwiderte den Gruß mit einer lässigen Handbewegung, Kammerlander, dem er in erster Linie gegolten hatte, bemühte sich offenbar, ein Loch in die Windschutzscheibe zu starren.

11

Natter aß in der LGK-Kantine zu Mittag. Mehrere Tische waren besetzt. Natter sah nirgendwo ein bekanntes Gesicht. Da er nicht allein sitzen wollte, fragte er an einem Tisch mit drei Männern, ob er sich dazusetzen könne.

Einer der drei war ein älterer Mann mit grauen Schläfen, den typischen Magenkrankenfalten um den Mund und ziegelrotem Trinkerteint. Er redete auf die beiden anderen ein, zwei höchstens Dreißigjährige mit athletischen Schultern, flachen Augen und sorgfältig ausrasierten Schnäuzern. Auf Natters Frage, ob ein Stuhl frei sei, unterbrach er sich kurz mit einem Nicken und einem hingeworfenen „Selbstverständlich!", um dann gleich weiterzumachen. Er sprach über Fußball. Offenbar hatte es gestern ein interessantes Spiel gegeben. Natter kannte sich nur bei Sportarten Mann gegen Mann oder jeder für sich selbst aus. Bei Fußball konnte er nicht mitreden.

Ob die beiden anderen das Fußballinteresse des Älteren teilten, war nicht zu erkennen. Sie beschränkten sich auf brummende Einwürfe wie „Mhm" oder stocherten schweigend in ihren Zähnen herum. Ihre Teller waren schon leer gegessen.

Natter verdrückte seine Wurstnudeln mit grünem Salat. Der Mann, der über Fußball sprach, bezog auch ihn in das Gespräch ein, indem er sich ihm gelegentlich zuwandte, aber Natter musste mangels Kenntnissen wortkarg bleiben und brachte nur ein paar „Ah so?" an den passenden Stellen an. Die Schnäuerztypen verzogen keine Miene. Der eine löffelte jetzt seinen Nachtisch, ein Marillenkompott. Der andere betrachtete das Muster von Natters Hemd.

Hollenstein kam mit Gleissner herein. Sie nahmen an einem entfernten Tisch Platz. Natter überlegte, ob er sich zum Kaffee hinübersetzen sollte, als der eine der beiden Männer an seinem Tisch, die bis jetzt geschwiegen hatten, zu dem älteren Beamten sagte: „Pass mal auf, kennst du den? Kommt ein Wälder zum Arzt und sagt: Herr Doktor, mir tut es hier weh" – er strich sich mit dem Zeigefinger der Rechten über den linken Oberarm – „und hier" – das war an den Rippen – „und hier" – er drückte auf seinen Oberschenkel – „und hier" – am Wangenknochen – „was kann das bloß sein? Der Arzt untersucht ihn und sagt dann: Ganz klare Sache – Sie haben sich den Zeigefinger gebrochen!"

Der Alte lachte wiehernd, als hätte er nie einen besseren Witz gehört. Der Erzähler lächelte dünn über die eigene Pointe, der dritte starrte immer noch Natter an. Der hatte zuerst das Gefühl gehabt, die Stimme schon einmal gehört zu haben, dann war ihm klargeworden, wann und wo. Hundertprozentig sicher war er sich allerdings nicht, weil er die beiden – wenn sie es waren – nur mit Helmen und Sonnenbrillen gesehen hatte.

Er fragte: „Seid ihr von der Verkehrsabteilung?"

„Sind wir, Cowboy Joe", sagte derjenige, der bisher überhaupt nichts geäußert hatte.

„Oh", warf der Alte ein. „Bist du derjenige, der diese Kuh erschossen hat? Der Vorfall, der in der Zeitung stand?"

Über die Ablenkung verärgert, nickte Natter nur. Er starrte die beiden anderen feindselig an.

„Warum ist das Vieh nicht umgefallen? Oder war's wieder mal der übliche Mist von den Zeitungsfritzen?"

„Es war genau so, wie's in der Zeitung stand", sagte der Mann, der den Witz erzählt hatte. „Wir kamen leider etwas zu spät."

„Ihr seid zwei feine Kollegen.“ Natters Stimme klang gepresst.

„Der größte Feind des Gendarmen ist der Gendarm“, erwiderte der andere. „Haben wir im Gendarmeriekurs in der ersten Stunde gelernt. Mach’s gut, Cowboy, aber vielleicht übst du zuerst mal mit Hühnern. Die überstehen keinen 9-mm-Kopfschuss, glaub ich. Du brauchst mir für diesen Tipp nicht zu danken. Grüß mir den *Would*!“

Die beiden Verkehrsgendarmen standen gleichzeitig auf und gingen hinaus.

„He“, sagte der Alte zu Natter, der sich umgedreht hatte und ihnen nachsah. „Nimm die zwei nicht ernst, das sind totale Spinner. Die kennt hier jeder als Arschlöcher. Kommen sich ganz toll vor und werden von allen für Idioten gehalten.“

„Welcher ist der Lenz und welcher der Schiller?“

„Der, der den Witz erzählt hat, ist der Schiller. Entschuldige, dass ich gelacht habe, ich habe gar nicht bemerkt, dass du aus dem *Wald* kommst, und wär’ natürlich nicht im Traum auf die Idee gekommen, dass er dich meinen könnte.“

„Ist schon in Ordnung. Ich habe nichts gegen Wälderwitze, aber diese beiden da, die gehen mir auf die Nerven.“

„Da bist du nicht der einzige. Wie heißt du eigentlich wirklich?“

„Natter. Johann.“

„Ich bin der Anton Lins. Sicherheitsdirektion.“

Sie schüttelten einander die Hand.

„Muss ich mich jetzt jedes Mal von den beiden Volltrotteln anpöbeln lassen?“ fragte Natter, immer noch zornig.

Lins zuckte die Achseln. „Du musst dir halt mal rechtzeitig – also vorher – eine gute Antwort zurechtlegen. Frag sie, warum sie keine Fliegen zwischen den Zähnen haben, oder so was."

„Warum sollten sie Fliegen zwischen den Zähnen haben?"

„Die hat jeder freundliche Motorradfahrer. Dann ist es allerdings kein Wunder, dass es bei ihnen nicht der Fall ist. Du musst dir halt selber einen Witz ausdenken."

„Ich würde ihnen lieber eine reinhauen."

Lins grinste. „Kann ich verstehen. Es gibt noch mehr, die es gerne täten. Aber die beiden sind erstens zu zweit und zweitens ziemlich gut in Form."

„Ich bin auch gut in Form."

„Aber allein."

Das stimmte, soweit es die Gendarmerie betraf. Natter versank in einen Tagtraum, in dem er zusammen mit Erol den beiden frühmorgens in einer Bar begegnete.

Lins brachte zwei Kaffee an den Tisch und begann wieder, von Fußball zu reden. Natter tat so, als höre er zu, während er in seiner Vorstellung abwechselnd Schiller und Lenz einen Körperhaken nach dem anderen verpasste. Schiller hatte nicht mehr die Kraft, seine Arme zu heben. Natter verprügelte lustvoll. Lenz blutete aus mehreren Cuts und sah kaum aus den verschwollenen Augen. Da es keinen Ringrichter gab, wurde der Kampf nicht abgebrochen.

„Warum lächelst du so?" fragte Lins.

„Ach, nur so", erwiderte Natter. „Man kann ja nicht den ganzen Tag ein finsteres Gesicht machen, oder?"

Kammerlanders Auftrag für diesen Nachmittag war einfach: Er stellte Natter einen Karton voll Tonbandkassetten auf den Tisch, legte einen Recorder und einen Aktenordner daneben und verlangte, Natter solle die Bändchen abhören und mit den Protokollen vergleichen, die der bislang damit beschäftigte türkische Übersetzer Kayalı angefertigt hatte. Offensichtlich traute er dem Türken nicht über den Weg. Die Bänder waren die Mitschnitte der Telefonabhöraktion.

Für Natter hatte die Sache einen großen Vorteil: Dadurch, dass er während des Anhörens die Übersetzungen mitlesen konnte, kam er schnell in den Sprachduktus hinein. Nach dem ersten Band, also nach neunzig Minuten, verstand er Ünlüel bereits problemlos und hatte sich auch an die teilweise recht unterschiedlichen Sprechweisen der Anrufer einigermaßen gewöhnt.

Die Übersetzungen schienen in Ordnung zu sein. Allerdings hatten sich die Gespräche auch nur um den Video- und Gemüsehandel und um die Gastwirtschaft gedreht. Dazu kamen private Telefonate mit der Familie, mit Freunden und mit einer Bregenzerin, die Ünlüel ziemlich direkte sexuelle Avancen machte. Nun konnte man ja nicht ernsthaft erwarten, dass er sich am Telefon über Heroin unterhielt, aber es gab auch nichts, was irgendwie codiert oder nach einer Anspielung geklungen hätte. Allerdings wartete noch eine ganze Reihe Bändchen auf Natter.

Gegen Abend stieß er auf ein Gespräch, das ihm merkwürdig vorkam. Der Anrufer war einer der Brüder Ünlüels. Er meldete sich nicht mit Namen, sondern gebrauchte erst die Einleitungsformel der Koransuren *Bismillahir rahmanir rahim,* die fromme Moslems zu Beginn jeder Handlung sprechen, wobei sie normalerweise die verkürzte Form *Bismillah* benützen. Zweifellos handelte es sich um den Hodscha. Er war verärgert, beschimpfte seinen Bruder und berief sich mehrfach auf eine Koransure, die offenbar ein Gebot enthielt, gegen das Bekir Tarık verstieß. Das Gebot wurde nicht ausgesprochen und Bekir verteidigte sich ziemlich flau und eher so, als kenne er diesen Vorwurf schon lange und habe es herzlich satt, dagegen zu argumentieren. Die Rede ging eine Weile hin und her, bis der Hodscha sein abschließendes *al-hamd-ul-lil-lah* sprach. Natter hörte sich das Gespräch mehrmals an. Dann ging er in Kammerlanders Büro hinüber.

Der Gruppenleiter war mit einer Einvernahme beschäftigt. Der Einvernommene schien mittels Zeitsprung aus den Siebzigerjahren herübergekommen zu sein – von der Pilzfrisur bis zur Glockenhose.

„Haben wir einen Koran im Haus?"

Kammerlander staunte. Der Hippie grinste.

„Willst du beten?"

„Zum Beten braucht man keinen Koran. Ich muss wegen der Bänder etwas nachschlagen."

„Ah. Nein, wir haben keinen Koran. Meines Wissens jedenfalls. Vielleicht hat der gescheite Hämmerle einen."

Hämmerle hatte auch keinen, fand aber nichts Seltsames an der Idee.

Natter rief Kurbans Übersetzungsbüro an. Erol war da. Im Hintergrund fand eine lautstarke Auseinandersetzung zwischen mehreren Personen statt.

„Hast du einen Koran?" brüllte Natter in den Telefonhörer, weil ihm schien, er müsse die anderen überschreien.

„So ein Zufall, ich wollte dich gerade anrufen und fragen, ob du einen Katechismus hast!"

„Wieso sollte ich einen Katechismus haben?"

„Und warum, zum Teufel, soll ich einen Koran haben?"

„Ich bin ein Sicherheitsbeamter und sitze im Landesgendarmeriekommando, da sehe ich beim besten

Willen nicht ein, wieso ich einen Katechismus haben sollte, mal abgesehen davon, dass die richtige Entsprechung ja wohl eine Bibel wäre. Die haben wir vermutlich auch nicht, aber mit einem Strafgesetzbuch könnte ich dienen. Aber du, mein lieber Erol, hast ein Übersetzungsbüro, und vielleicht habt *ihr* ein Buch mehr dort als das türkisch-deutsche Lexikon, oder?"

„Haben wir auch, aber Koran ist gerade keiner da. Warum rufst du nicht eine Moschee an?"

„Geben mir die Auskunft?"

„Warum denn nicht?"

„Weißt du wenigstens, was die *Kuh* ist?"

„Ist das nicht das Vieh, das du erschossen hast?"

„Erol, ich lasse ein paar von deinen Witzen zusammenkommen und lache dann für alle einmal."

„Von wem hast du diesen Schmäh?"

„Erol, bitte! Was meint ein Hodscha, wenn er von *der Kuh* redet?"

„Zufällig weiß ich es, und weil du mein alter Freund bist, sage ich es dir auch: Die Koransuren haben Namen, und die zweite Sure heißt *Die Kuh.*"

„Und ein Ajat ist ein Vers, oder?"

„Stimmt genau."

Der Hintergrundlärm bei Erol nahm zu.

„Danke, Erol! *Hadı eyvallah*!"

„*Güle güle.*"

Natter rief die nächstgelegene Buchhandlung an und fragte ohne große Erwartung, ob sie einen Koran auf Lager hätten. Zu seinem Erstaunen gab es sogar mehrere Ausgaben. Er sagte, dass er von der Kriminalabteilung sei und eine Bitte hätte: Ob man nicht nachschauen könnte, wie der 216. Vers der 2. Sure lautete. Die Verkäuferin versprach, zurückzurufen, und tat das auch ein paar Minuten später.

Der Vers lautete: *Sie befragen dich über Wein und Glücksspiel. Sprich: „In beiden liegt großer Schaden und auch einiger Nutzen für die Menschen; doch ihr Schaden ist größer als ihr Nutzen.“*

Wein und Glücksspiel! Wein, weißen und roten, gab es in jedem türkischen Laden im Lande. Dem Hodscha mochte er trotzdem ein Dorn im Auge sein. Stand Wein für Heroin? Oder ging es wirklich nur um den Weinausschank und um das Glücksspiel in Ünlüels Lokalen?

Gegen sieben kam Kammerlander in Natters Büro.

„Und?“

Natter schob die Bändchen auf dem Tisch auf einen Haufen. „Erstens: Der Übersetzer hat korrekt gearbeitet. Es ist alles übersetzt worden und nichts davon zweifelhaft, von ein paar Hörfehlern einmal abgesehen, aber die liegen vielleicht bei mir. Zweitens: Ich habe nichts Brauchbares finden können. Drittens: Sein Bruder, der Hodscha, hat ihn angerufen und unter Berufung auf eine Koransure zusammengeschissen. Die betreffenden Verse beziehen sich auf Wein und Glücksspiel.“

„Satanische Verse“, knurrte Kammerlander.

Von denen hatte auch Natter, der kaum Bücher außer solche über Waffen und Kampfsport las, schon gehört.

„Kaum satanisch“, sagte er. „Es bedeutet einfach, dass der Schaden von Wein und Zocken größer sei als der Nutzen.“ Er dachte an seine Backgammon-Partie. Der Koran hatte recht.

„Statistisch völlig richtig“, bestätigte Kammerlander. „Meine Casinobesuche belegen das ebenso wie die letzten Abende im *Gösserbräu*.“

Er schob gedankenverloren die Kassetten auf dem Schreibtisch hin und her. Dann sah er Natter an. „Gut, lassen wir das. Wenn wir uns auf den Herrn Kayalı verlassen können, dann verlassen wir uns eben auf ihn. Du wirst morgen bei der Überwachung Ünlüels eingesetzt. Komm um halb acht hierher, dann kannst du mit Hämmerle hinfahren zum Schichtwechsel. Am Wochenende bist du zum Journaldienst eingeteilt, Cowboy. Macht es dir was aus, wenn ich dich so nenne?“

„Nur, wenn's unbedingt sein muss.“

„Es muss unbedingt sein. Wir haben hier alle Spitznamen, das zeigt, dass man dazugehört. Es gibt schlimmere Übernamen als Cowboy, Joe.“

„Wie heißt denn du?“

Kammerlander starrte ihn an. „Man verlangt von keinem, dass er es selber sagt. Frag einfach Hämmerle, der verrät ihn dir schon.“

12

Der Fernseher lief, der Sportkanal brachte Schwimmerinnen, die irgendwo durch blaues Wasser kraulten, aber Natter war so geistesabwesend, dass das Bild für ihn nur eine Art bewegliche Tapete war. Er saß in der Unterhose vor dem Gerät, eine geöffnete Bierflasche in der rechten Hand, mit der Linken fuhr er sich gedankenverloren durchs Haar, während er die Schwimmerinnen anstarrte, ohne sie wirklich zu sehen. Er war damit beschäftigt, sich Gründe aufzuzählen, warum er nicht heute schon wieder in den Puff fahren sollte, diesen Gründen dann zu widersprechen und ständig das Für und Wider abzuwägen.

Im Grunde war es ganz einfach: Das Für hieß Liz und das Wider war die hohe Wahrscheinlichkeit, dass sie gar nicht in der *Villa oscura* sein würde.

Ein geringeres Argument war, dass er nicht wusste, was er heute Abend sonst mit sich anfangen sollte. Mit Bier zuschütten und fernsehen? Noch unattraktiver als sonst. Mit dem Rad sinnlos herumfahren? Wenig reizvoll. Bei der Schäferin vorbeischauen? Doch nicht jeden Tag. Wichsen? Dauerte maximal zehn Minuten. Mit dem Kopf gegen die Wand rennen? Dann vielleicht doch lieber in die *Villa oscura.*

Genau! Wieso eigentlich nicht?

Natter sagte sich, dass er ja einfach nur auf ein Bier hingehen konnte. Wenn Liz da war – gut – wenn nicht – auch gut.

Froh, einen Ausweg aus einer festgefahrenen Situation gefunden zu haben, stand er so abrupt auf, dass Garfield, der vor ihm auf dem Boden gelegen und sich das Fell geleckt hatte, erst erschrak und dann wütend zu maunzen begann.

„Schnauze, Kater", sagte Natter, während er den Kleiderschrank öffnete. „Du bist kastriert, ich aber nicht. Deshalb reite ich jetzt aus, während du daheim bleibst und nachdenkst, ob es morgen dasselbe zum Kotzen geben wird wie heute."

Er nahm eine weiße Leinenhose aus dem Schrank und zog sie an. Dazu weiße *Miami-Vice*-Slipper, natürlich ohne Socken. Jägers Schuhe fielen ihm ein. Dass ein Gendarmeriemajor sich anzog wie eine alte Tunte! Natter schüttelte den Kopf und nahm ein grellfarbiges Hawaihemd vom Kleiderbügel. Als er es in die Hose steckte, sah man es sich unter der dünnen weißen Leinenhose dunkel abzeichnen. Er zog es wieder aus und nahm ein kurzärmliges weißes Seidenhemd. Seine Brustwarzen stachen durch die Seide, wie bei einer alten Tunte. Mist! Er zog die weiße Leinenhose aus und eine schwarze Coolwool-Hose an. Dazu passte das Hawaiihemd, nicht aber die weißen Slipper. Er schlüpfte trotzdem hinein.

Natter betrachtete sich im Spiegel. Hinter ihm saß Garfield und sah ihn an. „Na, du Eunuch? Kommt der Neid in dir hoch?"

Das hätte Natter nicht sagen sollen. Ob es nun der Neid war oder etwas anderes, was in der Katze hochkam, sie begann jedenfalls zu würgen.

„Nicht, Garfield! Nicht speiben! Nicht schon wieder!"

Das Telefon läutete.

Die Katze im Auge behaltend, die nichts herausgebracht hatte und jetzt verspannt wirkte, wie sie da kauerte und vor sich auf den sauberen Boden starrte, wo das Ausgewürgte hätte landen sollen, ging Natter hin und nahm den Hörer ab.

Es war Prinz.

„Hey Joe", sagte er. „Ich hätte einen Job für dich, wenn du ganz schnell zehn Blatt verdienen willst – ich meine zehn Blatt Abstrich vom Schuldschein. Alles völlig legal. Hast du Zeit?“

„Wann denn?“

„Heute Abend. Jetzt.“

„Ich wollte eigentlich fernsehen. Außerdem fühlt sich meine Katze nicht ganz wohl.“

„Willst du mich rollen? Zehn Blatt für nichts und wieder nichts, ist das kein Angebot?“

„Worum geht es denn?“

„Ich muss ein paar Freunde besuchen und möchte nicht allein hingehen.“

„Warum nimmst du nicht Liz mit?“

„Spar dir die Scherze, Joe. Ich besuche Leute aus Kreisen, wo man nicht allein in Erscheinung tritt. Alles klar?“

„Brauchst du einen Bodyguard?“

„Ich brauche jemanden, der so tut, als sei er ein Bodyguard. Es wird keine Situation geben, in der ich tatsächlich einen brauche. Aber bei diesen Figuren gehört es zu den Statussymbolen, Soldaten zu haben. Es würde meine Geschäftsposition unterminieren, wenn ich allein aufkreuzte, und meine üblichen zwei Bodyguards sind heute Abend ausgefallen.“

„Wie lang geht das alles?“

„Weiß nicht. Zwei, drei Stunden, vielleicht auch weniger. Ich zahle dir zehntausend bis Mitternacht, danach zwei für jede angefangene Stunde. Ist das ein Angebot?“

„Ein Angebot ist es schon, ich weiß bloß nicht, ob es ein gutes ist.“

„Hast du eine Knarre?“

„Nein“, log Natter. Seine *Glock* lag auf dem Tischchen neben dem Fernseher, trotz der damit verbundenen Gefahr, dass er irgendwann einmal betrunken das Feuer auf einen Talkmaster eröffnen würde.

„Gut“, sagte Prinz. „Wir könnten sie eh nicht mitnehmen über die Grenze.“

„Über welche Grenze?“

„Lass dich überraschen. Nimm deinen Pass mit. Wir fahren mit deinem Auto.“

„Habe ich schon Ja gesagt?“

„Komm in die Villa. Wann kannst du da sein?“

„Ist Liz dort?“

„Nein. Ich will nicht, dass sie hier herumsitzt, während ich weg bin.“

„Wo ist sie?“

„In meinem Apartment. Wie lange brauchst du?“

„Ich bin in einer Viertelstunde da.“

Die Katze maunzte heftig, als Natter ging.

„Was willst du? Soll ich lieber daheimbleiben? Garfield, ich verstehe einfach nicht, was du sagst! Üb mal ein bisschen, während ich weg bin.“

Im Gegensatz zu Natters erstem Besuch war diesmal der Gesellschaftsraum mit der Bar leer, von Prinz abgesehen, der mit der Barfrau plauderte – einer anderen als beim vorigen Mal.

„Wo sind die Damen?“ erkundigte sich Natter.

„An der Arbeit. Heute ist Politikertag.“ Prinz zwinkerte.

„Politikertag?“

„Eine wichtige Persönlichkeit des öffentlichen Lebens hat sich mit zwei Frauen zurückgezogen. An solchen Abenden wird das restliche Publikum handverlesen. Ein Deutscher mit viel, viel Cash ist in der Strengen Kammer, mit der Thai-Lady. Wer nicht gebraucht wird, sieht sich unten in dem Zimmer, wo wir letztes Mal waren, einen Video-Klassiker mit Pretty Dong Leroy an. Kennst du Pretty Dong Leroy?“

Natter schüttelte den Kopf.

„Hat einen Halbmeter-Riemen, der Junge. Dazu Eier wie Billardkugeln. Sehr sehenswert! Ist natürlich zu nichts zu gebrauchen, außer zum Eselficken oder für Auftritte in Pornos. Leroy hat sich für das zweite entschieden und sagt heute: Beides probiert, kein Vergleich! Musst du dir mal ansehen, aber nicht jetzt, wir haben es nämlich eilig."

„Wohin fahren wir?"

„Setzen wir uns erst mal ins Auto."

Auf der Straße rückte Prinz dann allmählich mit dem Fahrziel heraus. „Zur Schweizer Grenze."

Sie fuhren über den Höchster Grenzübergang auf die Autobahn Richtung Zürich. Prinz drehte am Autoradio herum, bis er klassische Musik fand. „Früher hat mir Rock gefallen, aber jetzt kann ich die Scheiße nicht mehr hören. Weißt du, was das ist? Die Zehnte von Schostakowitsch." Für Natters Geschmack war die Musik zu laut, aber er sagte nichts, da Prinz die Augen schloss und sich ganz dem Hörgenuss hinzugeben schien.

Nach einer Weile fragte der Gendarm: „Dieser Deutsche in der Strengen Kammer – was muss die Frau dem antun?"

Prinz war verblüfft. „Ihm antun? Wieso antun? Ach, du meinst, wegen der Strengen Kammer? Naja, normal werden dort die Masochisten gepiesackt, aber der Deutsche ist ein Sadist. Er näht ihr, glaub ich, die Möse zu."

„*Was* macht er?"

„Er vernäht ihr die Schamlippen." Weil Natter ihn ansah, sagte Prinz: „Schau lieber auf die Fahrbahn. Solche Typen kommen öfters vor in dem Gewerbe, aber meistens lässt man sie abblitzen. Holzer vermittelt aber alles, auch solche Scheißjobs."

„Tut das nicht weh?"

„Keine Ahnung, ich hab keine Schamlippen. Vielleicht schmerzt es gar nicht so, schließlich gibt es ja Frauen, die sich da unten für Ringe piercen lassen. Außerdem ist die Alte bei solchen Gelegenheiten so auf H, dass sie eh nichts spürt. Holzers gutes *Tschernobyl White*. Leicht radioaktiv, deshalb doppelt wirksam. Sucht- und Krebsgarantie. Der *Piffer* heißt bei uns *die Nähmaschine*. Unternehmer, katholisch, verheiratet, kommt alle paar Monate extra deswegen von Konstanz rüber, und er löhnt dafür ganz ordentlich, kann ich dir sagen."

Natter prägte sich das Wort *piercen* ein, um bei Gelegenheit herauszufinden, was das sein mochte. Jedenfalls nichts Erfreuliches.

Knapp vor St. Gallen sagte Prinz: „Ausfahrt St. Fiden."

„Fahren wir zum Schellenacker?"

Prinz amüsierte sich. Er drehte das Radio leiser. „Nein, mit den Junkies dort mache ich keine Geschäfte. Wie kommst du auf die Idee?"

„Weil er an der Ausfahrt St. Fiden liegt."

„Klar, aber in St. Fiden gibt's schließlich nicht nur den Schellenacker."

Er dirigierte Natter, der noch nie in St. Gallen gewesen war, durch ein Netz von Straßen, bis er auf ein Schild mit einem großen P wies. „Dort vorne parken wir."

Es war ein Hotelparkplatz. Das Hotel hieß *Schweizerland*. Natter fragte sich zum ersten Mal an diesem Abend, worauf er sich eingelassen hatte.

An der Rezeption war eine junge Frau. Prinz sagte ihr seinen Namen und dass er erwartet werde. Sie telefonierte und gab ihm eine Zimmernummer. Prinz und Natter fuhren mit dem Lift nach oben.

Im fünften Stock gab es eine Sitzgruppe in einer Nische schräg gegenüber dem Lift. In gelben Lederfauteuils saßen zwei Männer mit den Gesichtern zur Lifttür. Der eine sah aus wie Antonič auf dem Foto, das Sieber projiziert hatte, war aber dunkelhaarig. Unter seinem weit geöffneten Hemdkragen reckte sich der Kopf eines eintätowierten Weißkopfseeadlers in Richtung Hals des Mannes. An diesem American Eagle erkannte Natter Damjanovič. Der andere war vom selben Erscheinungstypus, aber dunklerer Hautfarbe. Damjanovič trug Kopfhörer, vor ihm auf dem Tisch lag ein CD-Walkman. Als Prinz und Natter aus dem Lift kamen, nahm er die Kopfhörer ab. Der andere Mann stand auf.

„Tut mir leid, Leute", sagte Damjanovič. „Aber Vorsichtsmaßnahmen sind nötig, das wissen wir alle. Milomir wird euch kurz checken. Okay?"

„Okay", sagte Prinz.

„Dann macht mal einen Adler."

Prinz und Natter stützten sich mit den Händen an die Wand und grätschten leicht die Beine.

Natter kam sich vor wie im Kino. Dass in einem Schweizer Hotel zwei Leibwächter im Gang sitzen und Besucher auf Waffen untersuchen würden, wäre ihm nicht im Traum eingefallen. Aber genau das passierte. Milomir trat von hinten an Prinz heran und tastete ihn routiniert ab, dann tat er dasselbe mit Natter. Man spürte seine Hände kaum.

„Gut", sagte Damjanovič. Er klopfte an die nächste Zimmertür und öffnete sie. Es war eine Doppeltür. Er winkte Prinz.

„Setz dich zu ihnen", murmelte Prinz. Natter zögerte einen Moment, dann ließ er sich in den dritten Polstersessel der Sitzgruppe fallen. Während Prinz die Doppeltür hinter sich schloss, setzten sich die beiden Serben wieder.

„Milo spricht nicht Deutsch", sagte Damjanovič. „Er ist ein Zigeuner. Was bist du?"

„Ein Wälder."
„Was ist das?"
„Nichts Besonderes. Ich komme aus dem Bregenzerwald."
„Ich meine, ob du ein Karateka bist oder so etwas."
„Eher *so etwas*."
Damjanovič starrte ihn an. Natter starrte zurück. Gangster beeindruckten ihn nicht sonderlich, auch wenn diese beiden Ganoven hier einer härteren Kategorie angehören sollten als der, mit der er üblicherweise zu tun hatte.
„Kannst du Spanisch?"
„Nein."
Damjanovič zauberte eine CD-Hülle aus dem Inneren seines Polsterstuhls hervor. Sie gehörte offenbar zu der Platte, die in dem Walkman lief. Als ob Natter nicht gerade verneint hätte, fragte er: „Was heißt *Molestando niños muertos me da erección*?"
„Keine Ahnung." Natter warf einen Blick auf die Coverfotografie. Sie zeigte einen von einer Person außerhalb des Bildes hochgehaltenen abgetrennten Männerkopf. Vom Hals hing ein blutiger Fleischfetzen.
„*Muertos* heißt *tot*, soviel ich weiß, und *erección* wird wohl ein Steifer sein. Aber was sind *niños*? Ninjas?"
„Kinder, glaube ich", sagte Natter fast wider Willen. Er hätte auch nicht sagen können, woher er das Wort kannte. Vielleicht aus einem Schlager.
„Kinder!" rief Damjanovič. „Natürlich! Darauf hätte ich auch kommen können. Aber *molestando*?"
„Molestieren", sagte Natter.
„Und was soll das sein?"
„Molestieren? Das heißt soviel wie belästigen. Das Wort ist ein bisschen altmodisch, aber bei uns verwendet man das noch."

„Gut“, meinte der Serbe. „Warum sagst du, dass du nicht Spanisch kannst? Dann heißt das also ... *Wenn ich tote Kinder ficke, kriege ich einen Steifen.* Oder?“

„Ungefähr.“

Damjanovič redete auf den Zigeuner in einer Natter unbekannten Sprache ein. Da er dabei auf Plattencover und Walkman deutete, gab es keinen Zweifel daran, dass er seinem Kumpel berichtete, dass es ihm endlich gelungen war, die Botschaft der Platte zu ermitteln. Natter las den Namen der Band – *Brujeria* – und der CD: *Matando Güeros*. Ob die Leute wussten, was man heutzutage im Plattenladen zu kaufen kriegte?

Der Zigeuner schien nicht sonderlich beeindruckt von dem, was ihm Damjanovič erzählt hatte. Er nickte mit unbewegter Miene. Damjanovič wandte sich wieder an Natter. „Kennst du die?“ Er meinte die Band.

Natter schüttelte den Kopf.

„Hör mal!“ Der Serbe hielt ihm den Kopfhörer hin. Natter stülpte ihn über und vernahm etwas, das von seinem Musikgeschmack Lichtjahre entfernt war: eine heiser flüsternde Männerstimme über brachialem, dumpfen Gedröhn. Es klang monströs. Ein Männerchor grölte *Culeros! Culeros! Culeros!*

„Toll“, sagte er und gab den Kopfhörer zurück.

„Finde ich auch. Ich will nämlich Platten machen, so was wie das da – Quatsch, etwas Besseres. Etwas Härteres. Sieh dir nur das Cover an, das ist doch Scheiße.“ Er zog es aus der Hülle, faltete es auf und hielt es Natter hin. Die Fotos auf der Innenseite zeigten den abgetrennten Kopf und den Torso, zu dem er gehörte, sowie in weiße Anzüge gekleidete Männer, die auf die Leichenteile zeigten und sich Notizen machten. Geleise im Bild ließen erkennen, dass der Tote von einem Zug zerstückelt worden war. „Siehst du?“ fragte Damjanovič. „Es ist ein lausiges Zugunglück, nichts weiter. Und das mit dem Kinderficken ist doch auch die reine Angeberei! Da habe ich anderes Material zum Sampeln, das kann ich dir sagen! Hardcore! Die *Chilling Tschetniks* werden die erste Death-Metal-Band, die ihren Namen verdient, das sage ich dir!"

„*Chilling Tschetniks*?"

Damjanovič nickte ernst. „Ich singe. Milo, die blöde Sau, könnte perfekt Gitarre spielen, will aber nicht mittun."

Milomir sagte etwas, dem Tonfall nach nichts Freundliches. Damjanovič antwortete knapp.

Natter fragte: „Versteht er doch Deutsch?"

„Nein, er meint, ich solle nicht ständig über die *Chilling Tschetniks* reden. Absolut lächerlich! Sobald wir wieder in Frankfurt sind, gehe ich ins Studio! Warum soll ich das vorher geheim halten? Einen Monat nach Erscheinen der Platte wird die ganze Musikszene davon reden! Die Zigeuner sind sowieso alle Arschlöcher, wenn du mich fragst."

Prinz kam aus dem Hotelzimmer. Er schaute auf die Uhr und sagte zu Damjanovič: „Du sollst mal reinkommen." Während der Serbe aufstand und zu seinem Boss ging, wandte sich Prinz an Natter: „Wir haben noch ungefähr ein, zwei Stunden zu tun, der Mann da drinnen und ich. Du kannst dich einstweilen mit den beiden Jungs vergnügen."

„Wie vergnügen?"

„Weiß nicht. Dreht eine Runde in der Stadt und stoßt euch ein paar Slibowitz rein, oder was immer die saufen."

„Kann ich nicht hier warten?"

„Nein. Ihr geht jetzt alle drei für zwei Stündchen weg. Für die Spesen komme ich auf, das kostet dich nichts."

Das gefiel Natter nicht. Aber seine Position war nicht die beste.

Damjanovič kam zurück. „Der Chef sagt, wir sollen eine Runde mit dem Auto drehen."

„Nicht mit meinem", sagte Natter.

Damjanovič schien verwundert. „Nein, wieso? Mit unserem natürlich."

Das Auto der Serben war ein Mietwagen. Er stand auf dem Hotelparkplatz, ein paar Stellplätze von Natters Wagen entfernt. Es war ein Viertürer. Natter wollte hinten einsteigen, aber Milomir kam ihm zuvor. „Er sitzt immer hinten, auch dann, wenn vorne frei ist", sagte Damjanovič. „Eine Marotte des Zigeuners." Natter dachte eher an eine Garotte, aber er fand die Vorstellung gleich selbst unsinnig. Warum sollte Milo ihm etwas antun wollen? Aber das Gefühl, zur eigenen Exekution zu fahren, verschwand nicht.

Damjanovič stieß ein Bändchen in den Schlitz des Radiorecorders. Die Musik brüllte los. *„Highway Dealer"*, sagte er. „Eric Burdon. Gute Nummer." Natter hörte mit gemischten Gefühlen zu, wie der Gitarrist Polizeisirenen imitierte, während der Sänger erzählte, wie toll das Leben als Highway Dealer war.

Damjanovič fuhr so bestimmt los, dass das Ziel von vornherein feststehen musste. „Wohin fahren wir?" erkundigte sich Natter. Er lümmelte schräg auf seinem Sitz, um den hinter ihm sitzenden Zigeuner wenigstens aus dem Augenwinkel beobachten zu können.

„Wird eine Überraschung", sagte Damjanovič. „Kennst du St. Gallen?"

„Einigermaßen", log Natter. Er hatte keinen Schimmer, wo sie waren, allerdings das vage Gefühl, sie führen in die Richtung, aus der er gekommen war. Kannte er die Brücke, über die sie gerade fuhren, nicht von vorhin? Er war sich nicht sicher. Sah nach einer Autobahnauffahrt aus.

Damjanovič fuhr auf den Pannenstreifen. Natter fühlte, wie sich seine Nackenhaare sträubten.

„Was ist jetzt los?“

„Keine Panik“, grinste der Serbe. Er machte die Musik leiser. Sie standen mit eingeschalteter Warnblinkanlage auf dem Pannenstreifen. Über die Leitplanke rechts neben dem Wagen turnte eine schattenhafte Gestalt und kam zum Auto her. Ein junger Bursche. Natter kurbelte das Fenster herunter. Der Junge starrte herein.

„Ist das Heidi da?“ fragte Damjanovič. „Und ihre Freundin?“

„Was für ein Heidi?“ Der Bursche war kein Schweizer. Der Dialekt klang eher nach Dornbirn, dachte sich Natter.

„Wenn du sie schnell herbringst, kriegst du auch was.“

„Wartet mal.“ Er zögerte. „Da hinten ist eine Verkehrskamera, mit der überwachen sie hier alles. Die können euch sehen.“

„Scheiß drauf“, sagte Damjanovič. „Das ist ein Mietwagen. Hau endlich ab und bring die Fotzen her. Das Heidi und die schwarzhaarige Freundin.“

Der Junge verschwand. Natter war inzwischen ein Licht aufgegangen. „Die Bullen überwachen den Schellenacker mittels Videokameras?“ sagte er.

Damjanovič zuckte die Achseln. „Die Junkies glauben das. Ich glaube es nicht. Wozu auch? Bist du schon mal da unten gewesen? Das ist ein Lager, da müssen sie nur vorfahren und können alle einsammeln, wenn sie es wollen. Was sollen sie überhaupt überwachen? Die Dealer? Die kennen sie doch alle. Sind alles diese Scheiß-Asylanten. Gesocks aus dem Kosovo. Moslemschweine. Da hat die Bullerei schon alle Akten fertig, wenn sie nur will. Nein, das ist eine ganz gewöhnliche Verkehrskamera, alles andere ist Fixer-Paranoia."

Scheiße! dachte Natter. Scheiße! Scheiße! Ich sitze mit zwei serbischen Gangstern direkt auf dem Präsentierteller des Drogendetachements der Kantonspolizei! Und das ohne jeden Undercoverauftrag!

Jetzt brach ihm wirklich der kalte Schweiß aus.

Zwei Gestalten kletterten über die Leitplanke. Milo öffnete die Tür auf seiner Seite. Die beiden huschten her und stiegen ins Auto. Es waren zwei Mädchen oder junge Frauen mit Gesichtern, die eine Schätzung ihres Alters schwierig machten. Sie hatten sehr alte Augen.

„Hoi", sagte die eine, als Natter sich umdrehte. Das andere Mädchen wirkte ziemlich weggetreten, das konnte man sogar im Dunkel des Wageninnenraums erkennen. Milo war hinüber gerückt, die beiden jungen Frauen drängten sich aneinander. Damjanovič fuhr an.

„Wie voriges Mal?" fragte die, die gegrüßt hatte.

„Mhm."

„Zwei vorher, den Rest nachher. Und mit ihr, nicht mit mir."

„Von mir aus." Damjanovič klang gelangweilt. Er drehte den Recorder wieder voll auf, um eine Fortsetzung des Gesprächs unmöglich zu machen.

Natter sah, wie Milomir den beiden Mädchen zwei Briefchen gab. Die lebhaftere der beiden steckte beide ein.

Damjanovič schien sich gut auszukennen, jedenfalls wusste er über den Weg, den er fahren wollte, Bescheid. Es ging ständig aufwärts, und allmählich machten die Häuser Bäumen Platz.

Ein Wald erwies sich als das Ziel der Fahrt.

Als alle ausgestiegen waren, sah sich Natter die beiden Fixerinnen genauer an. Jetzt erst erkannte er, dass sie jung waren, sechzehn vielleicht. Beide trugen

T-Shirts, Jeans und Clarks, hatten kurzgeschnittene Haare und Dutzendgesichter. Sie hätten Verkäuferinnen im zweiten Lehrjahr sein können und waren es vielleicht auch. Weil das Geld, das sie damit verdienen konnten, nie für Heroin langen würde, ließen sie sich auf diese Fahrt ein. Natter fragte sich, ob Liz auch mal so angefangen hatte. Wie sonst?

Damjanovič fasste die beiden Mädchen an ihren dünnen Oberarmen, die eine links, die andere rechts, und sagte, während er mit ihnen einen in den Wald führenden Weg einschlug, über die Schulter: „Passt auf, ob jemand kommt. Falls ja, verjagt ihn."

Milomir lehnte sich an das Auto und zündete sich eine Zigarette an. Er hielt Natter die Schachtel hin. Der Gendarm schüttelte den Kopf.

Die beiden Männer schwiegen. Die Nacht war still. In der Ferne hörte man gelegentlich ein Motorengeräusch. Natter lauschte in die Richtung, in die der Serbe mit den beiden Mädchen verschwunden war. Von dort hörte man nichts. Oder doch? Natter hätte es nicht sagen können.

Nach einer Weile setzte er eine fragende Miene auf und wies mit einer Handbewegung in den Wald.

Milomir grinste. Er wies auf sich, beugte sich dann ein wenig herunter und zeigte mit der geballten Faust und dem Unterarm einen Phallus. Dann wies er auf den Wald und ließ den Arm schlaff hängen.

Natter nahm an, dass die Pantomime bedeuten sollte, dass Milomir immer eine Erektion hätte und Damjanovič impotent sei.

Aber der Zigeuner war noch nicht fertig. Er zeigte mit einer unmissverständlichen Geste weibliche Brüste und punktierte mit dem Finger die Wange unter seinem Auge. Dann führte er vor, wie der schlaffe Unterarm sich in eine Erektion verwandelte.

Natter begriff. Damjanovič kriegte einen hoch, wenn die Frauen weinten. Natter machte selbst die Tränengeste und sah fragend drein.

Der Zigeuner zeigte Schlagen und Würgen.

„So eine Drecksau!“ sagte Natter. Er dachte immer noch an Liz.

Der Zigeuner sagte auch etwas. Dem Klang nach zu schließen, stimmte er Natter zu.

Es waren insgesamt höchstens fünfzehn Minuten vergangen, als Damjanovič mit den Mädchen zurückkam. Die, die vorhin schon halb betäubt gewirkt hatte, setzte sich gleich ins Auto. Die andere fellationierte Milomir. Der Zigeuner lehnte dabei nach wie vor am Wagen, hatte sich eine neue Zigarette angesteckt und schaute während des Aktes in den Himmel. Er atmete nicht einmal schwerer. Dass er fertig war, erkannte Natter nur daran, dass die Frau schließlich das Sperma ausspuckte.

„Und jetzt du“, sagte Damjanovič. „Mach zu, damit wir weiterkommen.“ Er klang gereizt und ungeduldig.

„Ich mag nicht“, erwiderte Natter. „Blasen taugt mir sowieso nicht. Und zum Bumsen hab’ ich jetzt keine Lust.“

„Die bläst gut.“

„Nein, danke.“

„Ich krieg aber trotzdem noch zwei“, sagte das Mädchen, „ob der will oder nicht!“

„Wirst du schon kriegen. Halt jetzt das Maul, sonst könnt ihr zu Fuß zurückgehen.“

Die Rückfahrt verlief in völligem Schweigen. Damjanovič schaltete nicht einmal den Recorder ein. Das Mädchen, das die ganze Zeit nichts gesprochen hatte, schniefte ständig. Natter fragte sich, ob sie weinte oder ob es das übliche Fixerschniefen war. Das Auto hielt am Pannenstreifen neben dem Schellenackergelände an fast genau derselben Stelle wie zuvor. Milomir gab den beiden Frauen zwei weitere Briefchen. Sie stiegen aus. Diesmal grüßte auch die andere nicht mehr. Sie stiegen über die Leitplanke, während der Wagen anfuhr.

„Diese miesen Fotzen", sagte Damjanovi nach einer Weile. „Ich hätte große Lust, ihnen zwei *hot shots* zu verpassen, damit endgültig Ruhe ist."

„Warum fickst du sie dann?" fragte Natter.

„Weil sie's ohne Pariser machen", antwortete der Serbe. „Die Junkies sind nun mal die einzigen, die einem noch barfuß reinlassen. Und ich mach's nicht mit Gummi."

„Hast du keine Angst vor AIDS?"

„Angst? AIDS? Ich scheiße auf Angst und ich scheiße auf AIDS. AIDS ist was für Neger und für Schwule. Ich gehöre zur dinarischen Rasse, mein Immunsystem frisst am liebsten AIDS-Viren. AIDS! Quatsch!"

Natter schaute ihn an, um zu sehen, ob er das ernst meinte. Es sah ganz so aus.

Der Zigeuner begann plötzlich, heftig auf Damjanovič einzureden. Natter verstand nur immer wieder den Vornamen „Pero". Der gab nur kurze und sehr unfreundliche Antworten. Er schüttelte den Kopf und schrie schließlich Milomir an. Natter spürte, wie sich binnen kürzester Zeit eine starke Spannung zwischen den beiden aufbaute, ohne dass er wusste, worum es ging. Er glaubte nicht, dass es etwas mit den beiden Mädchen zu tun hatte.

Schon eher damit, dass Damjanovič nicht in die Stadt zurückfuhr, sondern dass sie irgendwo an der Peripherie unterwegs waren.

Während sich Natter noch Gedanken machte, was das wohl bedeuten mochte, hielt der Wagen vor einem Gittertor in einer hohen Mauer. Damjanovič stieg aus und ging zu einem Klingelknopf neben dem Tor. Natter hörte einen kurzen, heftigen Wortwechsel. Der Serbe klemmte sich wieder hinter das Steuer und wartete, bis sich das Tor öffnete. Was der Zigeuner hinten äußerte, waren unverkennbar Flüche. Milomir war so zornig, dass Natter es förmlich spüren konnte. Es war klar, dass er auf keinen Fall hierher wollte.

Hinter der Mauer lag ein weitläufiger Park, in dem eine Villa stand. Während sie auf die Villa zufuhren, liefen mehrere Rottweiler neben dem Auto her, ohne einen Laut von sich zu geben. In der Eingangstür zum Haus stand ein kleiner dicker Mann, ungefähr sechzig Jahre alt, mit polierter Glatze, harten Augen und einem gekrümmten Stumpen zwischen den schlaffen, fast blauen Lippen, die gar nicht zu der gesunden Bräune seiner Haut passten. Auch er war verärgert und fragte statt einer Begrüßung Damjanovič im breitesten Schwyzerdütsch, ob das unbedingt nötig sei.

Unbedingt nötig sei es nicht, aber er habe jetzt eben Lust dazu, und das Geschäft sei wohl groß genug, dass das auch noch drin sein müsse, sagte der Serbe. Kleiner Service für gute Kundschaft.

Und wer das überhaupt sei, erkundigte sich der Schweizer mit einer Handbewegung zu Natter hin, schließlich könne nicht jeder hier einfach so hereinspazieren.

Der gehöre zu Prinz, sagte Damjanovič.

Das schien zu genügen. Der Schweizer gab den Hunden einen knappen Befehl, worauf diese im Dunkel des Gartens verschwanden. Die drei stiegen aus dem Auto. Natter dachte sich, die Geschehnisse des Abends wären ihm auf mehrere Wochen verteilt immer noch interessant genug vorgekommen.

Der alte Schweizer führte sie in einen der größten Schießkeller, den Natter jemals gesehen hatte. Er erstreckte sich unter der Villa, musste aber noch weit in den Bereich unter dem Park hineinragen. Es waren alle möglichen Anlagen da, von Schießständen über verschiedene Distanzen bis zur Duell-Combat-Dia-Einrichtung. Der Hausherr verbarg seine schlechte Laune nicht, gab aber jedem einen Vorderschaftrepetierer von einer Marke, die Natter noch nie gesehen hatte.

„Explosivgeschosse gibt's keine", sagte der Mann, der vermutlich ein Waffenhändler war. „Nur Schrot."

Damjanovič widersprach, aber offenbar nur der Form halber. Er gab sich schnell mit der Schrotmunition zufrieden.

Sie setzten den Gehörschutz auf und feuerten auf Pappkameraden. Natter überkam der unsinnige Ehrgeiz, zu zeigen, was er drauf hatte. Die ungewöhnlich schwere Flinte war eine Vollautomatik mit einem Zwanzig-Schuss-Trommelmagazin. Sie erinnerte ihn an das M-16, das er von seiner Ausbildung her kannte. Mit dem Schweizer Waffengesetz bzw. dessen kantonaler Ausformung war Natter zwar nicht vertraut, er nahm aber an, dass eine Vollautomatik hier genauso wie in Österreich verboten war. Die Waffe war ungewohnt, aber Natter schoss seinem Ziel auf zehn Meter Entfernung ein sauberes, zwei Handteller großes Loch in die Körpermitte.

Milomirs Loch war noch kleiner, Damjanovič schoss seinen Pappmenschen in Fetzen. Während er die Kugeln hinausrotzte, sah er aus, als käme es ihm gleich einmal. Natter fragte sich, ob der Mann vorhin mit den beiden Frauen überhaupt einen Orgasmus gehabt hatte, oder ob er jetzt einer Ersatzbefriedigung nachjagte. Er dachte an den schlaffen Unterarm, den ihm Milomir gezeigt hatte. Vielleicht spiegelten sich seine Gedanken auf seinem Gesicht, denn als er den Zigeuner ansah, lächelte dieser ihm böse zu.

Warum hatte Milomir partout nicht hierher gewollt?

Der Schweizer hatte inzwischen vier Gläser mit *Pflümli* vollgegossen. Damjanovič hob sein Stamperl und sagte: „*Samo sloga Srbina spasava!*“ Die Männer stießen miteinander an.

„Und jetzt, hat sich das rentiert, extra herzukommen wegen der paar Schüsslein?“ fragte der Schweizer.

Damjanovič zuckte die Achseln. „Es hat jedenfalls Spaß gemacht.“ Er streichelte die Waffe. „Ein prächtiges Ding. Hätte ich den Koreanern gar nicht zugetraut.“

„Warten Sie erst mal auf die neue *Neostaed* aus Südafrika, das wird ein Ding, superkompakt und wunderschön!“ sagte der Schweizer.

„So lange können wir nicht warten“, erwiderte Damjanovič. „Aber wir kommen darauf zurück, falls wir dann noch leben!“ Er hob sein Glas, in das der Schweizer nachgeschenkt hatte. Sie kippten die zweite Runde.

Der Schweizer sagte: „Hier hätte ich etwas, das Ihnen gefallen dürfte.“ Er nahm aus einem Kästchen eine der größten Pistolen, die Natter je gesehen hatte, und hielt sie Damjanovi   hin. Das Ding musste an die dreißig Zentimeter lang sein. „Die neue *Automag V*, Kaliber .50.“ In seiner Stimme klang unverkennbar Stolz mit, so als ob er das Gerät erfunden oder zumindest gebaut hätte.

Damjanovi   nahm die Pistole und zielte mit ihr in verschiedene Richtungen. „Was wiegt die? Eineinhalb Kilo?“

„Ungeladen dreizehnhundert Gramm. Ist es nicht ein Prachtbaby? Damit kann man wirklich einem Hippo das Hirn rausblasen.“

Diese Aussicht schien den Serben anzumachen, aber er sagte: „Ich kann nichts mitnehmen, die Zöllner schauen uns an jeder Grenze in den Arsch. Aber vielleicht gibt's doch mal eine ganze Lieferung." Er zog Geldscheine aus der Tasche. „Für die Munition."

„Ich bitte Sie", sagte der Schweizer. „Das geht aufs Haus. Und grüßen Sie mir Ihren Chef."

Auf der Rückfahrt zum Hotel schaltete Damjanovič wieder den Recorder ein. „GG Allin", sagte er. „Die Nummer heißt *I kill everything I fuck*. Kennst du das?" Natter überlegte, ob er antworten solle, er kenne bloß die *Zillertaler Schürzenjäger*. Das stimmte zwar nicht ganz, aber viel weiter her war es mit seinen Musikkenntnissen wirklich nicht. „Nein", sagte er schließlich. „Kenne ich nicht." „Der ist nicht schlecht", meinte Damjanovič. „Aber er ist natürlich auch bloß ein Angeber, ich bin sicher, dass er nie jemanden gekillt hat nach dem Ficken."

Natters Englisch war gut genug, um verstehen zu können, dass der Sänger über AIDS sang und nicht darüber, dass er nach dem Verkehr eigenhändig Menschen umbrachte.

„Wer hat das schon?" sagte er trotzdem und bekam keine Antwort auf diese Frage.

Im Hotel saß Prinz allein in der Lobby. Er hatte ein Whiskyglas vor sich stehen und rauchte. Als er Natter sah, drückte er die Zigarette aus, kippte den Whisky und sagte: „Gehen wir."

Die Nacht war warm und klar. Auf dem Bodensee sah man die Lichter vieler kleiner Segelboote. Der Wagen schnurrte über die Kurven der Autobahn. Die beiden Männer schwiegen. Als sie die Grenze überquert hatten – der Zöllner winkte sie mit einer müden Handbewegung durch – fragte Natter: „Zur Villa?"

Prinz nickte. Als sie vor dem Bordell hielten, sagte er: „Ich habe den Schuldschein schon umgeschrieben. Da ist der alte, den kannst du zerreißen. Und hier der neue. Jetzt ist es fast zwei Uhr, ich habe also vierzehntausend abgezogen."

Natter riss den alten Schuldschein in kleine Fetzen und unterschrieb im trüben Licht der Innenbeleuchtung den neuen.

„Das war leicht verdientes Geld, oder?" sagte Prinz. „Wie war's denn so zusammen mit den bösen Jungs, habt ihr schön gespielt?"

„Hat mir gut gefallen."

„Ich denke, ich kriege das Backgammonturnier fürs Wochenende hin."

„Ich wüsste es schon gerne vorher genauer."

„Rosegger macht sich wichtig und tut geheimnisvoll. Aber ich schätze, übermorgen ist der erste mögliche Termin."

„Ich möchte es rechtzeitig wissen."

„Ich sage es dir, sobald es feststeht. Wo erreiche ich dich tagsüber?"

„Mir ist lieber, ich rufe dich an."

„Auch gut. Dann also tschüss. Mach's gut, Alter."

Während der Heimfahrt gingen Natter eine Menge Gedanken durch den Kopf, aber zuhause schlief er sofort ein, so müde war er mittlerweile.

13

Ünlüels Villa wurde vom Dachboden des gegenüberliegenden Hauses aus überwacht. Zwei Männer kontrollierten mit Teleskopkamera und Feldstechern die ganze Vorderfront. Der Villengarten wurde hinten durch einen in Beton gefassten Bach eingegrenzt. Wenn jemand also dort hinaus wollte, musste er erst über Ünlüels Zaun und dann durch das Bachbett klettern, das immerhin tief genug war, um für seine Überwindung Sprünge und Klimmzüge zu erfordern. Der immer elegant gekleidete, dandyhafte Bekir Tarık sah nicht so aus, als würde er jemals diesen Weg nehmen.

Um acht Uhr früh wechselten Hämmerle und Natter die beiden Beamten ab, die während der Nacht die Überwachung vorgenommen hatten. Sie hatten Nachtsichtgeräte aus russischer Fabrikation getragen und einen Restlichtverstärker an der Kamera montiert gehabt, alles Apparate, die jetzt, an diesem strahlenden Morgen, unnötig waren. Laut Protokoll war Ünlüel gegen elf Uhr mit einer Frau nach Hause gekommen und hatte die Villa seither nicht verlassen. Normalerweise joggte er am Morgen eine Runde, aber heute war er offenbar nicht dazu gekommen. Name und Adresse der Frau waren bereits bekannt, sie war die Bregenzer Boutiquenbesitzerin, die Ünlüel ständig angerufen hatte.

Die alte Frau, der der Dachboden gehörte, kam mit einer großen Kanne Kaffee und frischen Brötchen mit Butter und Marmelade. Hämmerle und Natter erklärten, dass das doch nicht nötig sei, dass sie es aber sehr nett fänden, bevor sie sich über das Frühstück hermachten. Die Alte verwischte freilich den guten Eindruck, den sie mit ihrer Gastfreundschaft gerade auf Natter gemacht hatte, indem sie über die Türken im

Allgemeinen und über ihren Nachbarn im Besonderen herzog. Die sollten schauen, dass sie wieder hinkamen, wo sie hergekommen waren, diese Kameltreiber, und so weiter. Aber sie wüsste schon, wem sie bei der nächsten Wahl ihre Stimme geben würde, schließlich gab es auch noch Politiker im Lande, die auf die Einheimischen schauten statt auf die fremden Verbrecher.

Hämmerle, der diese Leier schon kannte, widersprach nicht, sondern nickte nur gelegentlich mit dem Kopf, was nicht einmal bejahend wirkte, sondern alles Mögliche heißen konnte. Auch Natter entschied sich, nichts zu sagen, auch nicht zum Thema *Kamele in der Türkei*, zu dem ihm allerlei eingefallen wäre, sondern lieber den Kaffee zu schlürfen, obwohl er ein bisschen dünn geraten war.

Schließlich zog die Alte mit den besten Wünschen für den Tag und dem Versprechen, später neuen Kaffee zu bringen, ab.

Hämmerle und Natter sahen sich an und grinsten.

„Ein wahres Herzchen, die Oma", sagte Hämmerle. „Aber von einem Grünen hätten wir den Dachboden wahrscheinlich gar nicht erst zur Verfügung gestellt bekommen."

Natter, der die ganze Zeit die Villa im Auge behalten hatte, setzte sich endgültig für seinen Beobachterposten zurecht. Es gab nichts anderes zu tun, als alle Geschehnisse zu fotografieren und zu protokollieren. Für wichtig gehaltene Beobachtungen wurden mittels Telefon weitergegeben, weil Kammerlander befürchtete, der normale Polizeifunk werde nicht nur von neugierigen Presseschnüfflern mittels Scannern abgehört.

Bis zehn Uhr geschah überhaupt nichts. Natter und Hämmerle unterhielten sich erst über die Suchtgiftabteilung und dann über das *Rateteam* – das war der Spitzname der Kriminalabteilung. Sie kamen auf Jäger zu sprechen, Natter fragte, ob er schwul sei, weil er so komische Schuhe trüge, und Hämmerle meinte, auf diese Idee sei noch niemand gekommen, also wenn Jäger irgendetwas ganz bestimmt nicht sei, dann schwul. Er hätte zwar ein paar eigenartige Züge, so wisse beispielsweise jeder im lokalen Polizeiapparat, dass Jäger ein Alkoholproblem hatte und nicht etwa gewöhnliches Bier trank, sondern ein absurdes und giftiges Gesöff namens Absinth, und dass er komische Bilder malte, wogegen nichts zu sagen wäre, wenn er sie nicht auch noch auszustellen begonnen hätte – aber im Übrigen sei der Major ein fähiger Mann, und damit eher eine Ausnahmeerscheinung in seiner Behörde.

Ob er damit auf Kammerlander anspiele, fragte Natter.

Hämmerle zuckte die Achseln und sagte, Natter habe den Abteilungsleiter ja gestern erlebt. Er sei ebenso forsch wie ahnungslos, und er habe auch kein Gefühl für sein Wissensmanko. Aber vielleicht brauche er das für seinen Job auch wirklich nicht, da könnten Kenntnisse eher hinderlich sein.

Natter fragte nach Kammerlanders Spitznamen. Er lautete wenig originell *Holzauge*.

„He, jetzt tut sich etwas!“ rief Natter.

Die Frau trat mit Ünlüel unter die Tür, sie umarmten und küssten sich intensiv, Natter schoss eine Fotoserie und machte auch noch Bilder davon, wie sie in ihr Auto stieg, das neben Ünlüels Garage parkte. Der Türke verschwand wieder im Haus. Das Bild der Küssenden im Sucher hatte Natter geil gemacht. Er dachte an Liz auf dem Bett und an Sabine, wie sie den Hammel festhielt. Als er sich bequemer hinsetzte, lachte Hämmerle.

„Es macht scharf, durch einen Sucher zu schauen, gell? Komischer Effekt, aber jeder Fotograf kennt ihn.“

Natter lächelte bloß und hatte das unangenehme Gefühl, rot zu werden.

Gegen elf kam der Briefträger und die beiden Beamten witzelten eine Zeitlang darüber, dass er vielleicht gar kein Briefträger, sondern ein verkleideter Drogenbote sei. Hämmerle erzählte eine Kurzgeschichte von G. K. Chesterton, deren Pointe darin bestand, dass ein Postbote durch seine Alltäglichkeit für Beobachter sozusagen unsichtbar war. Natter fand die Geschichte blöd, sagte aber, sie sei sehr interessant.

Um elf verließ Ünlüel das Haus und fuhr mit seinem Mercedes weg. Natter telefonierte mittels Handy mit dem Auto, das vorne an der Straße wartete. Es war ein vom Zoll beschlagnahmter Wagen mit deutschen Nummernschildern. Nur ein sehr genauer Beobachter mochte sich wundern, dass er dazu ein österreichisches Kfz-Pickerl trug. Das Auto folgte Ünlüel in die Stadt. Normalerweise brauchte man dazu ein System von mindestens drei Überwachungsautos, aber da Ünlüel beharrlich Tag für Tag lediglich entweder in seine Bregenzer Videothek oder zum Gemüseladen fuhr, begnügte man sich jetzt damit, ihn so im Auge zu behalten.

Als Hämmerle das Natter erzählte, fragte dieser, ob denn die ganze Überwachung einen Sinn habe.

„Das musst du Holzauge fragen. Er glaubt, wir stehen kurz vor der Verhaftung Ünlüels, und hält ihn für einen großen Fisch. Er liest allerlei aus den Telefonaten heraus, sammelt eifrigst Tipps von den Spitzeln und meint, dass wir hier irgendetwas auf dem Tablett serviert kriegen. Dem Richter hat er das einreden können, aber ich glaube es nicht. Ich tue halt, was mir aufgetragen wird.“

Um zwölf holte die alte Frau die leere Kanne und brachte sie eine Weile später wieder gefüllt zurück.

Die Gendarmen aßen Wurstsemmeln, die sie sich am Morgen in der Kantine gekauft hatten. Am Nachmittag spielten sie eine Art Trivial Pursuit miteinander, bei der Natter unter anderem erfuhr, was Piercing war. Um halb sieben traf die Ablöse ein und Natter fuhr mit Hämmerle zum LGK und dann sofort nach Dornbirn.

14

Die Schorenhalle war bis zum letzten Platz gefüllt. Das war bei allen Kämpfen, die Natter bisher besucht hatte, so gewesen. Das Amateurboxen, das als Sportart keinen besonders hohen Status hatte und finanziell ziemlich bescheiden unterstützt wurde, brachte jederzeit sein Publikum auf die Beine.

Als Natter zehn Minuten vor dem offiziellen Beginn eintraf, waren alle Sitzplätze auf den Holzbänken rund um den Ring schon längst vergeben, aber auf der Galerie gab es noch Stehplätze. Natter kaufte sich einen Pappbecher Bier und stieg zum Rang hinauf. Er suchte sich einen Platz hinter zwei alten Männern auf der rundum laufenden, lehnenlosen Holzbank dicht am Geländer, denn erfahrungsgemäß gaben die Alten nicht ganz so ärgerlich blöde Kommentare zu den Kämpfen ab wie die Jungen. Natter ließ seinen Blick über die Sitzreihen im Parterre schweifen, sah aber nirgendwo ein bekanntes Gesicht. Trotz des Rauchverbotes hatten sich ein paar Männer im Hintergrund der Galerie Zigaretten angesteckt. Beim Amateurboxen sitzen im Unterschied zum Profisport keine Zuhälter am Ring, dafür waren ein paar Frauen um die vierzig da und eine ganze Menge Jugendlicher, vor allem Burschen. Mädchen waren in der Minderzahl, aber durchaus auch vertreten.

Der Lärm in der Halle, die sonst für Viehversteigerungen verwendet wurde, schwoll an, als die Mannschaften hereinkamen. Die Tschechen hatten Vertreter aller unteren Gewichtsklassen und einen Halbschwergewichtler. Die Gastgeber hatten eine entsprechende Mannschaft mit Verstärkung aus den lokalen Boxclubs zusammengestellt. Der Ansager stellte die Boxer einzeln vor, man applaudierte auch den Tschechen recht ordentlich, aber bei den eigenen Leuten schwoll der Beifall doch heftiger an, vor allem bei den beiden mehrfachen Staatsmeistern. Erol war Mittelgewichtler, sein Gegner gehörte zur selben Gewichtsklasse, war aber fast einen Kopf größer.

Da es sich um Amateurkämpfe handelte, trugen alle Boxer Kopfschutz, und die Kämpfe gingen nur über drei Runden. Die Boxer waren primär darauf aus, zu punkten, relativ oft wurde das Handtuch geworfen.

Der Rahmenkampf fand zwischen zwei Jugendlichen statt, von denen der eine nach Natters Ansicht ganz sicher nicht das notwendige Mindestalter hatte, während der andere mit seinem kahl rasierten Kopf auffallend dem Henry aus den alten Bazooka-Comics glich. Beide traten im Junior-Fliegengewicht an, es war aber mehr ein Gerangel als ein richtiger Fight. Noch vor dem Ende der zweiten Runde holte sich Natter ein neues Bier. Dabei traf er am Tisch mit den Coupons auf den Major Jäger, der offensichtlich soeben erst gekommen war. Jäger trug ein kurzärmeliges Sporthemd, graue Flanellhosen und seine auffälligen cremefarbenen Schuhe.

„Wieder mal ziemlich voll, was?" sagte Jäger. „Ich meine nicht Sie, sondern die Halle."

„Ich hab oben einen recht guten Platz, Stehplatz natürlich. Kommen Sie doch mit rauf, Herr Major."

„Lassen Sie den Major mal weg, Kollege Natter, zumindest hier unter Sportsfreunden. Prost." Er hob seinen Pappbecher, Natter tat dasselbe.

Als sie sich oben hinstellten, war schon der zweite Kampf im Gange, zwei Federgewichtler. Der Tscheche, ein blonder, gut aussehender Bursche, war technisch brillant. Sein Gegner war einer der Türken, Natter kannte ihn vom Sehen und begann mit dem Chor „Erdogan! Erdogan!" zu brüllen. Die Alten schrien das übliche Zeugs, „Boxen, nicht tanzen!“ und andere Standardsprüche. Hinter den beiden Gendarmen sprang eine vielleicht sechzehnjährige Blondine auf einem kleinen Podium, das an der Wand stand, auf und ab und kreischte sich fast die Seele aus dem Leib. Wenn Natter recht verstand, forderte sie Erdogan auf, seinem Gegner die Fresse einzuschlagen, ihm die Scheiße aus dem Darm zu prügeln und die Birne zu zermantschen. Natter fragte sich, ob sie die Freundin des Türken war. Aber dann wäre sie wohl unten am Ring gesessen. Jedenfalls feuerte sie ihn mächtig an. Erdogan ermannte sich, obwohl er diesen Fan im allgemeinen Gebrüll sicher nicht hören konnte, und der Kampf bekam Tempo und war auch sonst nicht übel. Der Tscheche gewann trotzdem knapp nach Punkten.

Die nächsten beiden Kämpfe blieben farblos und gingen an die Dornbirner Staffel. Dann war Pause. Jäger schlug vor, ins Freie zu gehen. Direkt vor dem Ausgang stand eine Männergruppe in einer Wolke aus blauem Zigarettenrauch. Die beiden Gendarmen stellten sich etwas abseits.

„Wie gefällt Ihnen die Arbeit bei Kammerlander?“

„Bis jetzt ganz gut. Besonders interessant ist so eine Überwachung natürlich nicht gerade.“

„Besonders interessant ist unsere ganze Arbeit nicht, fürchte ich“, sagte Jäger. „Zumindest verglichen mit dem Bild, das das Fernsehen den Leuten vermittelt. Und das bestimmt ja die Vorstellungen in so vielen Köpfen, dass es schon die Realität zu beeinflussen beginnt. Die letzten beiden Bankräuber waren ganz offensichtlich der Ansicht, dass man Überfälle so machen kann, wie man es in den Filmen sieht. Sie sind damit auch entsprechend aufgelaufen. Als ich begonnen habe, gab es noch professionelle Einbrecher, Diebe und Räuber. Heute hat man manchmal das Gefühl, es gebe bloß noch durchgedrehte Amateure. Aber die Profis kommen wieder, und gut organisiert auch noch. Bloß fürchte ich, die Amateurtrottel verschwinden nicht mehr, und dann Gute Nacht!"

Natter wusste, wen Jäger mit den Amateuren meinte: Beim vorletzten Banküberfall hatte der Räuber einen Bankbeamten niedergeschossen, nachdem er schon das Geld bekommen hatte und obwohl der Beamte ihm keine Schwierigkeiten machen wollte. Der Täter hatte auffällige Kleidung getragen, war von den Überwachungskameras gestochen scharf abgebildet worden und nach dem Überfall mit dem eigenen Auto zu sich nach Hause gefahren. Er konnte auch beim Verhör nicht sagen, warum er auf den anderen geschossen hatte, offenbar glaubte er, das gehöre zu einem Banküberfall eben dazu. Beim bislang letzten Bankraub waren die Täter, zwei junge Burschen, mit dem Fluchtwagen in entsprechendem Tempo um eine Kurve gebogen und in einen Müllwagen hineingedonnert, der offenbar noch nicht dort gewesen war, als sie den Fluchtweg festgelegt hatten.

„Apropos Amateure", sagte Jäger. „Ich glaube, es ist soweit. Die Raucher da drüben gehen jedenfalls wieder hinein."

Während sie die Treppe zur Galerie hinaufstiegen, dankte der Ansager zwei Firmen für ihre Geldspenden, die sie in der Pause abgegeben hatten. Die Summen waren fünftausend und siebentausend Schilling, sodass man nicht recht wusste, ob das nun Werbung für die Sponsoren sein oder eher Mitleid erregen sollte.

Die Kämpfe nach der Pause waren interessanter. Die Gegner hatten alle schon fünfzig, sechzig Fights hinter sich und waren entsprechend routiniert.

Erol hatte das Publikum auf seiner Seite. Es kannte ihn schon, sein Name war leicht zu brüllen („Ee-rroolll!

Eee-rroooollll!!!" skandierten die Leute), und er ging den Tschechen an, als wolle er ihn auf Anhieb niedermachen. Die Hälfte der ersten Runde ging an ihn, dann hatte sich sein Gegner auf ihn eingestellt und sie tasteten sich jetzt eher ab. Das Publikum begann zu murren, Erol brachte einen Aufwärtshaken an, dann kam der Gong. In der zweiten Runde schlug der Tscheche, der Mucha hieß, harte Salven in Erols Deckung und kam einmal durch. Erol zeigte keine Wirkung, griff aber auch nicht an. Sein Trainer schrie ihm Anweisungen zu. Ein Besserwisser auf der Galerie schlug Schwinger ins Leere und brüllte unverständliches Zeug dazu. Erol explodierte plötzlich und drängte den Tschechen in die Seile. Im Publikum griff jene Erregung um sich, die sich bei guten Kämpfen immer einstellt und die Atmosphäre elektrisch auflädt. Der Boxer im Ring sieht nichts als seinen Gegner, aber dieses Fluidum spürt er mit der ganzen Oberfläche seines schweißnassen Körpers. In der dritten Runde griff der Tscheche an, Erol wich aus, fintierte und landete dann einen Kopftreffer, der Mucha zu Boden gehen ließ. Der Tscheche stand zwar sofort wieder auf, aber der Kampf war schon entschieden. Erol drängte Mucha wieder in die Seile und setzte ihm mit einer Serie von Körperhaken zu. Mucha wich aus, lief rückwärts, geriet erneut an die Seile und rutschte aus. Das Publikum tobte. Der Ringrichter winkte Erol in seine Ecke und zählte den Tschechen an. Dann wurde der Kampf fortgesetzt. Erol schlug zu, der Gong rettete Mucha. Wortwechsel zwischen Trainer, Ringrichter und Ringarzt, dann hob der Ringrichter Erols Hand. Lang anhaltender Applaus mit „Ee-rroll-Eeee-rrrrollll!"-Gebrüll. Die Boxer umarmten sich. Erol kletterte flott aus dem Ring, Mucha wirkte jetzt ein wenig schwerfällig. Die Angehörigen der Dornbirner Staffel hatten einen kurzen Weg bis zu ihren Räumen, die Gäste mussten durch den öden Gang hinaus, durch den das Publikum hereingekommen war.

„Guter Kampf“, sagte Natter.

„Ihr Freund hat wirklich was drauf als Boxer“, meinte Jäger. „Könnte ein Profi werden.“

Der letzte Kampf erwies sich als solide Qualitätsarbeit des mehrfachen Staatsmeisters, der für die Dornbirner antrat. Sein Gegner hielt sich wacker, konnte aber kaum punkten. Das Ergebnis war eindeutig.

Wie bei jeder Boxveranstaltung in dieser Halle, bei der Natter bisher gewesen war, sagte der Sprecher, er möchte das Publikum bitten, bis zur Siegerehrung zu bleiben, das sei man den Gästen und der heimischen Staffel schuldig, und wie jedes Mal standen fast alle Zuschauer augenblicklich von den Bänken auf und drängten zum Ausgang, sobald der Ringrichter die Hand des Staatsmeisters hob. Die Boxfans hatten so etwas wie eine brutale Ehrlichkeit, sie wollten einfach nicht so tun, als ob sie etwas anderes interessiere als die Kämpfe selbst. Das ganze Drumherum konnte ihnen gestohlen bleiben.

Unten trafen die beiden Gendarmen Erol, der nochmals mit der ganzen Staffel in den Ring kletterte.

„Sehr guter Kampf, Erol“, sagte Natter. Er schüttelte seinem Freund die Hand. Erol trug keine Handschuhe mehr, aber immer noch die Bandagen.

„Danke. Ich muss in den Ring.“

„Das ist mein Chef, der Herr Major Jäger.“

Erol gab Jäger die Hand. Jäger sagte: „Hat mir gefallen. Sie sind gut, wirklich sehr gut.“

Die Männer lächelten sich an und nickten. Erol stieg in den Ring. Die beiden Gendarmen gingen durch den nach Schweiß und Zigarettenrauch stinkenden gewundenen Gang hinaus.

„Wenn Sie noch ein bisschen Zeit haben, würde ich Sie gerne was fragen, Herr Major“, sagte Natter.

Jäger schaute auf die Uhr und kratzte sich am Kopf. „Ich habe kein Auto dabei, und mein Zug geht in zehn Minuten“, sagte er.

„Ich bin mit dem Auto da. Wir könnten bei mir ein Bier trinken, wenn Sie Lust haben, dann fahre ich Sie nachher heim.“

Jäger empfand eine diffuse Neugier, wie jemand, dessen Spitzname Cowboy Joe lautete, wohnte. „Na gut. Meine Freundin kommt heute sowieso nicht vor eins heim, warum also nicht? Wo steht Ihr Wagen?“

Sie mussten eine Weile warten, bis sie aus dem Parkplatz herausfahren konnten. „Haben Sie selbst auch geboxt?“ erkundigte sich Jäger.

„Als Jugendlicher, ein paar Jahre lang“, sagte Natter. „Mit Erol habe ich auch später noch gesparrt, aber Boxen ist ohne regelmäßiges Training einfach nicht zu machen, und dazu komme ich nicht mehr. Ich halte mich zwar in Form, aber für Kämpfe würde es nicht langen.“

„Früher gab es an den Schulen Boxtraining“, sagte Jäger. „Mein Vater hat mir das erzählt. Ich fände die Wiedereinführung eine ganz gute Idee, aber die Leute, die heute im Schulwesen das Sagen haben, stehen nicht aufs Boxen, fürchte ich. Die glauben wahrscheinlich, dass Boxen die Brutalität fördert.“

„Und was glauben Sie, Herr Major?“

„Natürlich, dass es Brutalität abbaut. Zum Boxen braucht man Selbstkontrolle. Boxen heißt Einstecken-können, nicht Draufloasprügeln. Das müssten Sie doch wissen, wenn Sie geboxt haben.“

„Ich weiß es, aber ich bin ja auch nicht im Schulwesen.“

Sie fuhren nach Lustenau und durch den langgezogenen Ort hindurch an sein anderes Ende, wo Natter wohnte.

Das erste, was Jäger in Cowboy Joes Wohnung auffiel, war ein unangenehmer Mief. Es roch nach Farbe, aber darüber lag ein zweiter Geruch. Natter schien ihn gewohnt zu sein und nicht mehr zu bemerken, jedenfalls machte er zwar eine entschuldigende Bemerkung hinsichtlich der Unordnung, sagte aber nichts über das in der Luft liegende säuerliche Aroma. Was war es? Katzenpisse?

„Bitte, setzen Sie sich hierhin." Natter wischte Kleidungsstücke vom Sofa. Er verschwand im Nebenzimmer, Jäger hörte ihn den Kühlschrank öffnen und Dinge herausnehmen. Dann ein gemurmelter Fluch.

Natter kam mit zwei Gläsern und einer Flasche Bier zurück und sagte: „Ich muss schnell mal in den Keller, es ist nur dieses eine Bier heroben. Entschuldigen Sie mich einen Moment, ich bin gleich wieder da." Er stellte Jäger die Bierflasche und das Glas hin und ging hinaus.

Jäger sah sich um. Die Unordnung war nicht so groß, wie Natter tat. Bevor Jäger seine Beziehung zu Gerda Moebes intensivierte, hatte es bei ihm weit schlimmer ausgesehen. Den elektrostatisch aufgeladenen Fernsehbildschirm bedeckte allerdings eine dicke Staubschicht, wie Jäger sah, als er sich vorbeugte.

Eine große Katze kam lautlos durch die offene Küchentür herein.

„Mieze?" sagte der Major in aufmunterndem Ton.

Die Katze kam näher, schnüffelte an Jägers Füßen, schüttelte sich und kotzte auf den linken cremefarbenen Schuh.

„Garfield!" schrie Natter unter der Küchentür. Beinahe fielen ihm die Flaschen aus den Händen.

„Lassen Sie nur", sagte Jäger, den grüngelben Klumpen auf seinem Schuh betrachtend. Die Herkunft des säuerlichen Aromas war geklärt. „Das löst wenigstens dieses Problem. Ich will diese Schuhe ohnehin nicht tragen, und jetzt muss ich es wahrscheinlich nicht mehr tun."

Natter stellte die Flaschen auf den Tisch und lief um Küchenkrepp. Jäger wischte sich die Kotze vom Schuh, auf dessen Leder ein deutlich sichtbarer Fleck zurückblieb.

„Jetzt kann ich sie endlich beruhigt wegschmeißen", sagte er befriedigt. „Glauben Sie mir, ich bin Ihrem Kater zu Dank verpflichtet."

„Das ist mir unglaublich peinlich."

„Das muss es Ihnen nicht sein, es ist mein voller Ernst, wenn ich sage, dass ich froh bin über diese Lösung des Schuhproblems. Meine Freundin kann nicht verlangen, dass ich die Schuhe mit diesem Fleck auch noch anziehe, und herausgehen wird der aus diesem Kalbsleder auch nicht mehr."

„Ich zahle die chemische Reinigung, oder was man da machen kann."

„Natter, ich gebe Ihnen jetzt den dienstlichen Befehl, mich zu fragen, was Sie mich fragen wollten, und verbiete Ihnen, weiter von diesen Schuhen zu sprechen. Prost!"

Sie stießen an.

Natter erzählte, dass er mit Prinz bei Antonič und Damjanovič gewesen war. Den Besuch des Schellenackers ließ er aus, von dem im Schießkeller erzählte er aber sehr ausführlich. Jäger ließ sich die Waffen, mit denen sie geschossen hatten, detailliert beschreiben.

„Kann ich mal telefonieren?" fragte er schließlich. „Es ist allerdings kein Ortsgespräch."

„Gerne“, sagte Natter. „Das Telefon steht, glaube ich, hinter dem Sofa am Boden. Ich sehe mal, was die dämliche Katze mittlerweile wieder Blödes macht.“

Er ging hinaus, Jäger telefonierte. Natter stand vor dem Haus und sah dem Wetterleuchten am Horizont zu. Nach zehn Minuten kam der Major zu ihm. „Können Sie mich jetzt nach Bregenz bringen? Ich fürchte, ich muss noch ins Büro.“

Während sie die Betonstraße entlangfuhren, auf deren Seitenstreifen wie üblich die Huren promenierten oder auf den Brückengeländern saßen, bemerkte Jäger: „20-Schuss-Trommelmagazin, verriegelter Gasdrucklader, über sechs Kilo schwer, Haltegriff als Visier: Das war die USAS-12-Kampfschrotflinte von der koreanischen Firma Daewoo. Gilt als typisch militärisches Gerät. Durchaus denkbar, dass sie mit belgischen Explosivgeschossen geladen wird. Das ist dann die Traumwaffe für jeden Rambo, der im Häuserkampf Leute in Fetzen schießen will. Kostet um die zweitausend Franken das Stück. Mir persönlich wär’ nicht nur aus patriotischen Gründen eine Steyr TPM lieber, aber für Spinner schaut die Daewoo-Flinte sicher repräsentativer aus.“

„Ja, das ist ein ordentlicher Schießprügel.“

„Das Richtige für Machos.“

Als sie am Autobahntunnel vorbeifuhren, fragte Natter wie beiläufig: „Soll ich weiter am Ball bleiben?“

„Auf keinen Fall“, erwiderte Jäger. „Ich verbiete Ihnen hiermit ausdrücklich, ohne Auftrag den verdeckten Ermittler zu spielen. Natter, Sie sind ein fähiger Mann und ich mag Sie, aber das ist mein absoluter Ernst: Lassen Sie die Finger von diesen Leuten. Die sind eine Nummer zu groß für Sie, glauben Sie mir das, auch wenn sie vielleicht nicht diesen Eindruck auf Sie machen.“ Nach einer kleinen Pause fügte er hinzu:

„Wenn Sie natürlich zufällig irgendwie erfahren, dass sie rüberkommen, dann möchte ich das schon wissen. Aber so lange sie bleiben, wo sie sind, sollen sich die Schweizer um sie kümmern, falls nötig."

„Und Prinz?"

„Wenn Prinz mit denen Geschäfte macht, ist das seine Sache, solange er es in der Schweiz tut."

„Okay, Boss."

„Ich steige hier aus. Danke fürs Herfahren. Gute Nacht."

„Gute Nacht, Herr Major."

15

Die Überwachung Ünlüels am nächsten Tag begann für Natter und Hämmerle um sechs Uhr früh. So sahen sie ihn diesmal joggen. „Wer überwacht ihn eigentlich während des Laufens?“ erkundigte sich Natter.

„Niemand. Man kann ja nicht gut hinterherlaufen, und so viele Leute, dass man ihn abwechselnd beschatten könnte, haben wir schlicht und einfach nicht. Aber was soll er schon während des Joggens groß anstellen? Er könnte sich mit jemandem treffen, ja. Aber in der Videothek oder im Gemüseladen können wir ihn auch nicht belauschen, außer am Telefon. Und wenn er mit einem Päckchen zurückkäme, würden wir es sehen. Außerdem handelt Ünlüel, wenn überhaupt, dann ganz sicher nicht mit Kleinmengen.“

Es war nicht zu übersehen, dass Hämmerle ihren Einsatz für sinnlos hielt. Natter, der weder wusste, wie er Ünlüel, noch wie er Kammerlander einschätzen sollte, tat jedenfalls, was ihm aufgetragen war: Er beobachtete und fotografierte. Viel zu tun gab es nicht, weil Ünlüel heute schon um halb neun nach Bregenz fuhr. Im Laufe des Vormittags kamen der Briefträger und ein unbekannter Mann mit einer Aktentasche, der mehrmals an der Tür läutete, bevor er wieder ging.

„Wenn es jemand Interessanter wäre, hätte er gewusst, dass Ünlüel nicht da ist“, sagte Hämmerle und fotografierte ihn trotzdem.

Am Mittag verzehrten sie ihr mitgebrachtes Essen. Die alte Frau hatte wieder Kaffee gebracht. Heute war er noch dünner als gestern. „Da ist keine Absicht dahinter, nicht mal Geiz“, resümierte Hämmerle seine diesbezüglichen Erfahrungen. „Sie bringt ihn einfach nicht jedes Mal gleich gut zusammen. Dünn ist er immer, aber heute schaut er wie Tee aus.“

„Dann trinken wir ihn halt als Tee“, sagte Natter und schenkte seine Tasse mit der gelbbraunen Flüssigkeit voll.

Nachmittags tauchte ein Schwarzer mit einer Tragtasche auf. Hämmerle und Natter beobachteten ihn durch die Ferngläser. „Das ist einer, der sich als Student ausgibt und Bilder oder Skulpturen verkauft“, sagte Hämmerle. „Aber er muss neu im Geschäft sein, sonst wüsste er, dass er mit solchem Schrott bei so einer Villa nicht läuten muss.“

„Soll ich den Posten anrufen?“ fragte Natter.

„Den Posten? Warum?“

„Weil der Verkauf an Haustüren verboten ist. Wetten, dass schon ein paar Hausfrauen angerufen haben?“

„Wozu willst du dann auch noch telefonieren?“

„Damit die wissen, wo sie ihn einsammeln können.“

„Komm, lass den Bimbo auch leben“, meinte Hämmerle.

Der Schwarze trat ein paar Schritte zurück und blickte zur Fassade hinauf.

„Was machen wir, wenn er einbricht?“ erkundigte sich Natter.

Hämmerle grinste. „Dann sehen wir zu und halten ihm die Daumen. Jedenfalls verraten wir ganz sicher nicht, dass wir hier sind. Und wir telefonieren nicht einmal, denn ich wüsste nicht, wie man das Auftauchen eines Streifenwagens in der Villenzufahrt erklären könnte.“

Der Schwarze dachte gar nicht daran, einzubrechen. Er schwang seine Tragtasche wieder über die Schulter, blickte zu dem Haus herüber, aus dem ihn die beiden Gendarmen beobachteten, und ging mit weit ausholenden Schritten den Kiesweg durch den Villengarten zur Straße zurück.

„Da haut er ab, unser Einbrecher“, sagte Natter. „Hier tut sich aber auch wirklich gar nichts!“

Gerade da kam Ünlüel zurück. Er fuhr seinen Wagen in die Garage und ging ins Haus.

„Was macht denn der um diese Zeit daheim?“ Hämmerle griff zum Handy und rief die Abteilung an. Kammerlander war im Büro und ganz aufgeregt. „Er trifft sich in seinem Haus mit ein paar Leuten! Fotografiert ja bloß alle ordentlich und gebt die Autonummern sofort durch, wenn ihr sie habt.“

„Mit einem guten Richtmikrophon ließe sich von hier aus auch was machen“, meinte Hämmerle.

„Mit einem Richtmikro? Im Ernst? Ich glaube kaum, dass die ihre Besprechung vor dem Haus abhalten!“

Hämmerle lächelte Natter spöttisch zu. „Ja, das könnte sein, daran habe ich nicht gedacht. Dann müssen wir halt doch bis zur Genehmigung des Großen Lauschangriffs durch das Parlament warten.“

Gegen zwei Uhr fuhren drei Autos vor. Ihnen entstieg eine verhältnismäßig große Anzahl Personen, darunter drei Frauen mit Kopftüchern und mehrere Kinder.

„Scheiße“, sagte Hämmerle enttäuscht. „Das sieht Holzauge wieder mal ähnlich! Das erkennt doch ein Blinder, dass das ein Familientreffen ist! Oder glaubt der Alte, dass es sich um die berühmten Kinderkuriere samt ihren liebenden Eltern handelt? Sieh mal das tote, mit Heroin ausgestopfte Baby dort! Es bewegt sich total lebensecht! Ein Wunder der Animation!“

Die beiden Beobachter verschossen jedenfalls mit dem Winder mehrere Filme. Alle Eingetroffenen – es waren insgesamt mehr als ein Dutzend Personen – würden einwandfrei identifizierbar sein. Ünlüel kam aus der Villa und begrüßte seine Besucher mit fein abgestufter Herzlichkeit. Dann verschwanden die Männer im Haus und kamen nach einer Weile mit Stühlen und Klapptischen wieder heraus. Die Frauen luden Körbe aus den Autos aus.

Hämmerle gluckste. „Ich werd' nicht mehr! Eine Gartenparty mit Picknick! Und wir können mit knurrenden Mägen zuschauen!" Er rief die Abteilung an und gab dem wartenden Kammerlander die drei Autonummern durch. „Sehr interessant!" behauptete er. „Ich wünschte wirklich, wir hätten ein Richtmikrophon. Ausgesprochen finstere Typen!"

Natter wusste nicht so recht, ob er das komisch finden sollte. Aber im Laufe der nächsten zwei Stunden kam er sich auch immer lächerlicher vor, während er zusah, wie die türkischen Familien auf einem Grill Hühnchen und Wachteln brieten, Börek und Pastirma aßen und Limonaden und Ayran tranken.

Das immerhin fiel ihm auf.

„Trinkt Ünlüel sonst nicht Wein?"

„Doch. Aber die Party da unten ist ganz offensichtlich alkoholfrei. Vielleicht wegen der Frauen und Kinder."

„Könnte es sein, dass einer von denen da sein abstinenter Hodscha-Bruder ist?"

„Das werden wir bald herausfinden." Er telefonierte neuerlich. Kammerlander hatte inzwischen die Nummern gecheckt. Die Besucher waren Ünlüels Brüder mit ihren Familien. Kammerlanders Laune war auf den Nullpunkt gesunken.

Den beiden Beamten lief immer mehr das Wasser im Mund zusammen. Als die alte Frau heraufkam, um ihnen zu sagen, dass sie im Hausgang von einem Neger fürchterlich erschreckt worden sei – der Schrecken war vor allem dadurch ausgelöst worden, dass der Schwarze hier einfach so herumlief und dass er die Zähne gefletscht hatte, als er sie sah – fragten sie sie, ob sie ihnen nicht ausnahmsweise einen größeren Gefallen tun und ein paar Leberkässemmeln holen könnte.

Sie sagte, sie wäre gerne dazu bereit, aber da könnte sie nochmals dem Neger begegnen. Ob die Herren Kriminaler nicht zuerst dafür sorgen könnten, dass er entfernt würde. Hämmerle log, dass es dafür keine Handhabe gäbe. Natter fiel es auf, dass er immerhin nicht *leider keine Handhabe* sagte, obwohl er den Schwarzen zuvor als *Bimbo* bezeichnet hatte. Auch der Rassismus hat seine feinen Nuancen.

Die Alte zog maulend ab, und die Gendarmen beobachteten mit den Feldstechern den Verzehr von Halva, Baklavas und anderen Süßigkeiten. Das Telefon läutete. Hämmerle nahm ab, meldete sich und lauschte.

„Aber nicht im Ernst!" sagte er. „Wirklich? Unglaublich!"

„Was ist denn los?" fragte Natter.

Hämmerle winkte, dass er still sein solle. Er hörte aufmerksam zu und schüttelte den Kopf. „Na so was", sagte er. „Wahrscheinlich war der Arsch mal wieder bis an die Kiemen voll mit Koks. Na, schade ist es um den wirklich nicht. Ich kenne ein paar Leute, die ihm aufs Grab scheißen werden."

Als er aufgelegt hatte, wiederholte Natter seine Frage.

„Ein Sondereinsatzkommando hat Spoon umgenietet", sagte Hämmerle. „Das dumme Arschloch hat durchgedreht und seinen Colt gezogen, und da hat ihm einer das Hirn rausgeblasen."

„Wen?"

„Wirst du nicht kennen. Spoon, das ist ein Zuhälter. Heißt eigentlich Holzer. Ein ganz mieser Typ. War früher Buckel vom Rosegger und ist vor ein paar Jahren um eine Stufe der Hierarchieleiter zum eigenständigen Hurentreiber aufgestiegen.“

„Ich habe schon von dem Mann gehört. War der nicht in der *Villa oscura*?“

„Doch. Mit ’ner Thai-Frau, die mal einem unserer V-Männer Geld dafür angeboten hat, wenn er Spoon umlegt.“

Natter holte tief Luft. „Eine Thai-Frau?“

„Ja, Spoon hat die irgendwie importiert, ich glaub’, er hat sie selber in Thailand geholt. Sie war in einem Puff angekettet und glaubte wohl, sie könne sich nur verbessern, wenn sie mit dem *farang* mitginge. *Farang* nennen sie dort die Weißen. Ich war auch mal auf Urlaub in Pattaya, da haben mir die lokalen Zuhälter neunjährige Jungs angeboten, als ich bei den Mädchen ablehnte, weil sie mir zu jung waren. Holzer erwischte gerade einen günstigen Zeitpunkt. Die Bullen machten die Puffbesitzer platt und versteigerten die Mädchen meistbietend. Normalerweise kannst du als Europäer dort keine Nutte auf Dauer kaufen, aber sie war im Sonderangebot und glaubte außerdem selbst, mit diesem *farang* das große Los gezogen zu haben. Wie ich Holzer und seine Perversenklientel kenne, dürfte sie sich bald nach den Ketten zurückgesehnt haben. Er hielt sie allerdings ständig unter H. Vermutlich war sie auch völlig bedröhnt, als sie unserem Spitzel Geld für einen Hit an Spoon anbot. Das ist erst ein paar Monate her.“

„Und jetzt hat Spoon den Löffel abgegeben?“

„Ja, scheint so. Tolles Wortspiel übrigens. Vorhin war Meusburger am Telefon, weil Kammerlander natürlich am Ort des Geschehens ist. Irgendjemand hat offenbar einen Tipp gegeben, dass Spoon mit ein paar Kilo Heroin ins Montafon unterwegs sei, und sie haben ihm hinter dem Ambergtunnel eine Falle gestellt.

Er hatte keine Chance zu entkommen, aber er hätte es unverletzt überstehen können. Das Arschloch war aber wahrscheinlich wie üblich auf Koks und Speed und Alk gleichzeitig, jedenfalls stieg er aus der Karre und begann, aus seinem *Colt Governor* auf die Straßensperre loszuballern, und ein paar Jungs vom SEK fanden das nicht komisch und haben ihn ausgeknipst."

„Wer hat den Tipp gegeben? Die Thai-Frau?"

Hämmerle lachte. „Könnte ja gut sein, allerdings war angeblich ein Mann am Telefon. Außerdem erzählte er wahrscheinlich einen Schmäh, denn zumindest im Auto haben sie nur ein halbes Kilo Heroin gefunden. Wenn der Rest nicht irgendwo in die Karosserie eingeschweißt ist, dann war das Ganze wohl überhaupt ein Bluff. Sieht so aus, als habe jemand Holzer *verbrannt* ... Aber vielleicht hast du recht und es hat wirklich jemand der Thai-Nutte einen Gefallen getan."

Das wohl auf jeden Fall, dachte sich Natter, ob absichtlich oder unabsichtlich. Dann fiel ihm ein, dass es eine Person gab, an die alle Betroffenen als erstes denken würden, wenn sie einen Verdacht hegten: den Gendarmen Natter, genannt Cowboy Joe.

„Du siehst so bestürzt aus, als ob Spoon dein Freund gewesen wäre", sagte Hämmerle.

„Quatsch", sagte Natter ungewollt heftig. „Ich denke, dass die SEK-Leute Schwierigkeiten bekommen. Die Presse schreibt heute gegen jeden Exekutivbeamten, der jemanden tötet, auch wenn er selbst vorher die Mündung der gegnerischen Waffe an der Schläfe hatte."

„Mann, Spoon hat das Feuer auf die SEK-Leute eröffnet!"

„Mit einer Handfeuerwaffe, und die haben mit Scharfschützengewehren zurückgeschossen."

„Du solltest zur Presse gehen. Du hast diese bullenfeindlichen Formulierungen drauf. Genauso werden die es bringen."

„Deshalb sage ich es ja. Und warum machen die hinter dem Tunnel eine Straßensperre, statt ihn bis an sein Ziel zu verfolgen, um zu sehen, wem er den Stoff bringt?"

„Ich könnte mir vorstellen, dass es nicht so leicht ist, im Montafon so auf die Schnelle ein ganzes SEK unauffällig zu postieren. Da haben sie sich halt mit Holzer begnügt. Den hatten sie eh schon lang auf der Latte. Nach dem Tunnel konnte er ihnen nicht entkommen."

„Klingt nicht überzeugend."

„He, die Türken packen zusammen!"

Sie wandten sich dem Geschehen im Villengarten zu. Die Party war zu Ende. Die Frauen begannen aufzuräumen und die Körbe wieder in den Kofferräumen zu verstauen. Die Männer klappten die Tische zusammen und trugen Stühle ins Haus.

„Du kannst doch Türkisch, geh rüber und schwatz' ihnen die beiden Hühnchen ab, die da auf dem Teller liegen", sagte Hämmerle. „Sag ihnen, du sammelst für ein türkisches Waisenhaus."

„Sehr komisch", erwiderte Natter.

16

Nach der Ablösung fuhren die beiden Beamten ins LGK. Spoons Leiche war in die Leichenkammer des Spitals in Feldkirch gebracht worden, die Obduktion würde am nächsten Morgen stattfinden. Natter hörte eine Weile zu, was über die Angelegenheit gesprochen wurde, aber es kam nichts Neues zu der Darstellung dazu, die ihm Hämmerle nach dem Telefonat gegeben hatte. Das Heroin war mittlerweile oberflächlich untersucht worden und hatte sich als extrem schlechte Qualität mit giftigen Streckstoffen herausgestellt.

„Holzer, dieses Schwein, wollte so einen Dreck verkaufen. Wenn sich jemand dieses Zeug drückt, kriegt er mindestens Abszesse und Kreislaufprobleme, wenn er nicht überhaupt gleich abkratzt", sagte Kammerlander. Die Beamten der Suchtgiftabteilung saßen im Büro zusammen, tranken Dosenbier und freuten sich darüber, dass sich wieder einmal ein Problem erledigt hatte – zwar nur ein kleines, aber immerhin.

„Und wenn es Absicht war?" fragte Hämmerle.

„Wie Absicht?" Kammerlander war neuerdings offenbar schon gereizt, wenn Hämmerle nur den Mund aufmachte.

„Wenn sie ihn *verbrennen* wollten? Und er deswegen solchen Dreck dabei hatte, und davon auch noch relativ wenig, jedenfalls weniger, als der anonyme Denunziant angab? Bei seinen Vorstrafen hätte es immer noch für ein paar Jahre Knast gereicht, und die Drahtzieher haben am Heroin gespart."

„Welche *sie*?"

„Seine Hintermänner."

„So ein Blödsinn", sagte Kammerlander. „Warum sollten ihn die loswerden wollen?"

„Weil er allmählich zum Geschäftsrisiko wurde. Seine Fehlreaktion mit dem Colt zeigt das ja schließlich: Der Mann hatte sie nicht mehr alle. Der Koks hat seine Matschbirne weich gemacht. Und Rosegger ist bekannt dafür, dass er erstklassiges Personal bevorzugt."

„Unsinn", murmelte Kammerlander. „An den Haaren herbeigezogen." Ein gutes Gegenargument fiel ihm allerdings nicht ein, sodass er zur Bekräftigung wiederholte: „Unsinn! Quatsch!" Weil ihm dies selbst ein bisschen wenig vorkam, fügte er an: „So geht es in den Filmen zu, aber im wirklichen Leben ist alles viel einfacher."

Andererseits war es natürlich richtig, dass jemand Holzer verraten hatte. Und es war kein V-Mann der Kriminalabteilung gewesen.

Natter machte sich seine eigenen Gedanken. Er verfolgte mit Interesse eine Debatte, ob man eine Hausdurchsuchung in der *Villa oscura* machen solle.

„Höchstens zur Einschüchterung", sagte Kammerlander. „Finden tun wir dort jetzt nichts mehr, nicht mal ein verstopftes Scheißhaus, die haben es nicht nötig, das Zeug runterzuspülen, falls sie welches hatten."

„Dann eben zur Einschüchterung", meinte Blum.

Aber Kammerlander hatte keine Lust. „Das können wir jeden Tag machen, den der liebe Herrgott werden lässt, dazu brauchen wir keinen Anlass. Für die *Villa* kriegen wir immer einen richterlichen Befehl." Sachlich war er im Recht, es war zu spät. Höchstens Sunnys Pumpgun und ein paar H-Briefchen für die Thai-Nutte würde man finden, aber das lohnte den Aufwand nicht, dachte Natter.

Man trank noch ein paar Bier, und die älteren Beamten erzählten, was sie von Holzer wussten. Er hatte natürlich die klassische Kriminellenkarriere vom Heimkind über das Jugendgefängnis zum Knast hinter sich, aber das ließ hier keiner als Entschuldigung gelten. Es war auch keine für das, was Holzer getan hatte: Kammerlander erzählte eine ähnliche Geschichte wie jene, die Gleissner bei der Sightseeing-Tour zum Besten gegeben hatte. Nach allgemeiner Meinung wäre Holzer ein Fall für eine lebenslängliche Sicherheitsverwahrung gewesen, aber das Gesetz sah so etwas für seine Taten nicht vor, jedenfalls nicht für die, wegen denen er vor Gericht gestanden hatte. So wurde er halt immer wieder auf seine Mitmenschen losgelassen. Aber jetzt war er tot und niemand weinte ihm eine Träne nach, was – wie Natter mit einiger Verwunderung bemerkte – eigentlich auch ein trauriger Gedanke war.

Eine Stunde später aß Natter an einem Wurststand eine Rote mit Ketchup und Mayo, dann fuhr er geradewegs zur *Villa oscura*.

Er wusste selbst nicht, was er erwartet hatte – einen großen Kriegsrat oder eine Art Bedrücktheit vielleicht – aber nichts von alldem war zu bemerken. Es war normaler Betrieb, an der Bar standen mehrere Gäste und schäkerten mit drei Huren, von denen Natter nur eine kannte, nämlich die blonde Deutsche. In der Sitzgruppe saß ein Mann, der Natter bekannt vorkam. Er hatte eine kleine Flasche *Ballantine's* und ein Glas mit Eiswürfeln vor sich stehen und schien sich allein ganz wohl zu fühlen. Als Natter an ihm vorüber zur Bar ging, fiel ihm ein, woher er ihn kannte: Es war der Mann, der sich bei seinem ersten Besuch mit der Barfrau über Huskies unterhalten hatte. Offenbar auch ein Stammgast.

Der Gendarm grüßte die Frau hinter der Bar und fragte, ob sie Prinz heute schon gesehen hätte. Eigentlich meinte er ja Liz, aber nach ihr wollte er nicht fragen. Außerdem würde sie nicht allein hergekommen sein.

Prinz sei unten im Videozimmer, sagte sie.

„Allein?"

Sie zuckte die Achseln, dann verstand sie erst den Sinn von Natters Frage. „Nein, er bumst nicht. Das tut er hier so gut wie nie. Ich glaube, er macht es momentan nur mit dieser Russin." Sie kicherte. „Du kannst ruhig runtergehen."

Das bedeutete also, dass Liz nicht da war.

Als Natter durch den Gang zum Videozimmer ging, öffnete sich eine der Türen und die Thailänderin kam heraus. Natter erkannte sie auf den ersten Blick gar nicht, so verschwollen war ihr Gesicht, die linke Hälfte ein einziges Hämatom, das Auge auf dieser Seite fast ganz geschlossen, im anderen der Augapfel blutrot von geplatzten Äderchen. Jemand musste sie vor Kurzem grausam verprügelt haben, Holzer oder einer seiner Kunden. Die Frau trug flache Schuhe und ein einfaches Kleid statt der Stöckelschuhe und Hot Pants. Sie schoss auf Natter zu, fasste seine Rechte – die er wegzuziehen versuchte – mit beiden Händen und stieß einen Schwall Worte aus, von denen er zunächst nichts verstand, die er aber bald als Dankesbezeigung erkannte.

Sie dankte ihm dafür, dass er Holzer erledigt hatte!

Natter schüttelte den Kopf und versuchte, sich dem Griff zu entwinden, aber die Thai-Frau, von der er nicht einmal den Namen wusste, ließ ihn nicht los und versicherte ihm mit ihrer hohen, zwitschernden Stimme, sie werde alles für ihn tun.

„Das Angebot solltest du dir überlegen, Joe", sagte Prinz. Er war unbemerkt auf den Gang getreten. Die Tür zum Videozimmer hinter ihm stand offen, drinnen lief ein Film mit Geräuschen von einer Schießerei.

„Das ist doch Unsinn, was sie da verzapft", stieß Natter hervor. Er wollte keine Gewalt gegen die Frau anwenden, und sie hielt ihn immer noch fest.

„Wirklich?" sagte Prinz spöttisch. „Sie hat schon mal jemandem Geld dafür angeboten, dass er Spoon alle macht, aber für dich würde sie sogar auf den Strich gehen, wenn ich es recht verstehe. Stimmt's, Petch tewee?"

Die Frau nickte heftig mit einem breiten Lächeln auf ihrem entstellten Gesicht. Natter hatte das Gefühl, es werde ihm gleich übel.

„Okay, wir reden später darüber. Joe muss erst mal ein bisschen nachdenken", sagte Prinz und legte ihr die Hände auf die Schultern. Zögernd ließ sie Natters Hände los, faltete ihre vor der Brust und verneigte sich.

Natter nickte ihr verwirrt zu. Prinz zog ihn in das Zimmer.

Er stellte den Fernseher ab, lümmelte sich in einen Stuhl und legte die Beine hoch. Grinsend sagte er: „Na, mein kleiner Gendarm, jetzt hast du eine erstklassige Nutte und könntest dich selbständig machen. Das Mädel schafft in einem Monat an, was du in dreien verdienst, und das mit normalen Kunden. Ich nehme ja nicht an, dass du Spoons Traditionen weiterführen willst."

„Woher weißt du, dass ich Gendarm bin?"

„Aus dem Amtskalender." Prinz brüllte vor Lachen über seinen eigenen Witz. „Nein, im Ernst, es war nicht gerade schwierig herauszufinden. Wir kennen nämlich noch mehr Gendarmen, und die kennen dich alle, Cowboy."

„Wer hat Spoon verraten?"

Prinz zuckte die Achseln. „Irgendwer. Was spielt es für eine Rolle? Der gute alte Spoon war ein Anachronismus. Gut, dass er weg ist. In Wirklichkeit schmeißt eh schon lang Sunny diesen Laden. Nebenbei bemerkt wollte sicher niemand den guten Spoon auspusten, auf die Idee, im falschen Moment mit der Knarre zu fuchteln, ist er schließlich selbst gekommen. Er könnte genauso gut jetzt im Knast sitzen und Wurstnudeln essen statt im Kühlschrank liegen und langsam verwesen. Na, jeder nach seinem Geschmack!"

„Warst du es?"

„Junge", sagte Prinz. „Das hier ist ein Puff, kein Gendarmerieposten. Wenn du jemanden verhören willst, bist du am falschen Ort. Soviel ich weiß, sehen das deine Chefs auch so. Trotzdem: Ich war's nicht. Welchen Vorteil sollte ich von Spoons Abgang haben? Aber reden wir von etwas anderem: So geil, wie Petch tewee jetzt auf dich ist, leiht sie dir sogar das Geld, um deinen Schuldschein abzuzahlen."

Natter wusste, warum Prinz ihn gerade jetzt daran erinnerte, dass er an einer finanziellen Kette lag. Aber war es wirklich so? Er konnte sein Sparbuch liquidieren und Prinz bezahlen! Er konnte Prinz aber auch fertigmachen! Der Mann vermittelte Waffengeschäfte und war vermutlich auch in Heroindeals verwickelt! Aber konnte Natter das beweisen?

Prinz starrte ihn an. Um etwas zu sagen, fragte Natter: „Heißt sie so?"

„Wer? Wie?"

„Die Thailänderin. Heißt sie ... ich weiß nicht wie?"

„Petch tewee? Nein, vermutlich nicht. Das ist ein Kosename, bedeutet *Diamantener Engel*. Hübsch, nicht wahr? Die Schlitzaugen haben alle so etwas Poetisches. In Russland heißen die Huren Schwanzwickel, Triefauge oder Klumpfüßchen, das ist viel prosaischer."

„Wie hat Liz geheißen?"

„Liz kommt aus einer anderen Klasse. Das waren Namen von Bahnhofshuren."

„Wo ist sie?"

„Willst du mit ihr schlafen? Wer soll das bezahlen? Joe, du kannst natürlich auf zwei Hochzeiten tanzen, aber du musst wissen, was du tust."

„Ich weiß, was ich tue."

„Kommt es dir so vor?"

„Ich gehe jetzt", sagte Natter. „Ich muss wirklich nachdenken, und das kann ich hier drinnen nicht."

„Schön", meinte Prinz. „Denk nach. Übrigens, bevor ich es vergesse: das Backgammonturnier. Es findet morgen statt."

„Morgen habe ich Dienst."

„Scheiße, Dienst! Rosegger sagt morgen, dann ist es morgen. Du kannst da nicht zurück. Du musst dich eben krank melden, Cowboy. Sag, du hast den Rotz oder den Rotlauf. Oder den Rinderwahnsinn. Typische Bullenkrankheiten eben."

„Ich denke darüber nach!"

„Nein", sagte Prinz scharf. „Darüber denkst du nicht nach! Wenn du schon unbedingt nachdenken willst, dann denk darüber nach, ob du bei deinem Dienst ein paar schlappe Kröten verdienen willst oder mit dem Zocken einen ganzen Haufen, ob du beides gleichzeitig auf die Reihe kriegst oder wie du das sonst lösen willst – über das alles kannst du gerne und lange nachdenken, da drängt dich keiner. Aber wenn Rosegger morgen spielen will, dann spielst du morgen."

„Und wenn ich es nicht tue?"

Prinz betrachtete ihn wie ein interessantes Insekt unter dem Vergrößerungsglas. „Dann zeigst du erstens, dass du nichts begriffen hast, und zweitens könnte es sein, dass es mit deinem Job Essig ist und mit uns beiden auch – keine sehr angenehmen Aussichten, kann ich dir sagen." Er lächelte. „Morgen um acht hier, okay? Mach keinen Blödsinn, Junge! Wenn du Rosegger lästig fallen willst, dann gibt es nur einen einzigen Weg: Schlag ihn im Backgammon! Das trifft ihn am meisten. Nebenbei: Der Wunsch, Spoon loszuwerden, kam ganz sicher von oben, der Tippgeber war nur ausführendes Organ."

Natter zog die Tür hinter sich zu und ging den Korridor entlang. Hinter einer der Türen hörte man die Geräusche eines heftigen Geschlechtsverkehrs.

Als er von der *Villa* wegfuhr, erfasste der Scheinwerferkegel nach wenigen Metern eine schwankende Gestalt.

„Mann, laufen Sie mir nicht in den Karren!" schimpfte Natter. Er erkannte den Betrunkenen. Es war der Husky-Kenner.

„Ich bin zu besoffen, um heimzufahren. Können Sie mich nicht ein Stück mitnehmen?" fragte der Mann mit schwerer Zunge.

„Wohin müssen Sie denn?"

„Nach Bregenz."

„Dahin fahre ich aber nicht. Bloß bis Lustenau."

„Dann halt bis zur Rheinbrücke."

„Von mir aus. Steigen Sie ein, aber kotzen Sie mir nicht ins Auto!" Der Kerl war möglicherweise schlimmer als Garfield, jedenfalls hatte er ein größeres Volumen.

Er kletterte ins Auto, auf den Sitz neben Natter.

„Haben Sie Ihren Wagen stehen gelassen? Sehr vernünftig", sagte Natter nach einer Weile.

„Ich hatte heute kein Auto", sagte der Mann, der jetzt nicht mehr betrunken klang. „Ich wartete darauf, mit Ihnen mitfahren zu können."

Natter sah ihn überrascht an.

„Es wird Zeit, mich vorzustellen. Ich bin der Mann fürs Grobe. Einsatzgruppe zur Bekämpfung des Terrorismus, Gruppe 3. Jugoslawien, Türkei, Kurden, Armenier."

Natter sagte: „Und das soll ich einfach so glauben?"

„Ausweis kann ich Ihnen naturgemäß keinen zeigen, mein Bester."

„Zu welcher Dienststelle gehören Sie?"

„Gruppe II/C; untersteht ihrerseits der Sektion II, Generaldirektion für öffentliche Sicherheit."

„Das kann jeder wissen, dic Stapo ist kein Geheimnis." (Sonst hieße sie ja Gestapo, hatte der Ausbildner immer gesagt.)

„Wenn ich Ihnen wirklich ein Geheimnis verrate, erkennen Sie's nicht mal, so geheim ist es."

„Was bearbeitet die Gruppe 4?"

„Den arabischen Terrorismus. Lassen wir den Quatsch. Wir müssen nämlich Tacheles reden. Hören Sie gut zu, Cowboy Joe: Wen Sie bumsen, ist bis zu einem gewissen Grad ihre Sache, obwohl ich der Meinung bin, dass es nicht gut ist, wenn Gendarmen was mit Huren haben. Aber wenn Sie nochmals Ihre Dilettanten-Finger um den Schaft einer heißen USAS-12 legen, um die wir uns ohnehin schon kümmern, dann sorge ich dafür, dass Ihr Vorgesetzter Sie in den Arsch tritt, dass Sie Hämorrhoiden kotzen! Habe ich mich klar ausgedrückt, Herr Revierinspektor Natter?"

„Ich hab's verstanden", sagte Natter mit gepresster Stimme. „Aber schließlich konnte ich ja nicht riechen, dass Sie ein verdeckter Fahnder sind."

„Sie müssen überhaupt nichts riechen, Sie müssen sich nur um Ihre eigenen Angelegenheiten kümmern. Waffenlieferungen für Tschetniks gehören da ganz sicher nicht dazu. Der Major Jäger hat Ihnen klar gesagt, was Sie tun sollen und was nicht! Wir brauchen hier Ihre bescheuerten kriminalpolizeilichen Wahrnehmungen nicht! Sie stochern blindlings in einer Sache herum, für die Ihnen jedes Augenmaß fehlt. Also machen Sie brav Ihren Dienst und kommen Sie mir ja nie mehr in die Quere!"

„Wer hat Ihnen meinen Spitznamen gesagt?"

„Ist das Ihre Hauptsorge?"

„Ich möchte es gern wissen."

Der verdeckte Fahnder überlegte. Dann nannte er eine Adresse und fragte: „Sagt Ihnen das etwas?"

Natter nickte. „Da wohnt Prinz."

„Fahren Sie mal hin. Dann zeige ich Ihnen etwas Interessantes."

Natter kam dieser Anweisung nach. Es kam ihm vor, als sei nun ohnehin schon alles gleichgültig. Nichts lief so, wie er es sich vorgestellt hatte.

„Parken Sie da vorne, wo man Sie vom Haus aus nicht sehen kann."

Es war ein dreistöckiger Block, der mit mehreren gleichartigen in einer Reihe stand. Zwischen den Blöcken waren die Tiefgarageneinfahrten. Der Fahnder, der seinen Namen nicht genannt hatte, ging mit Natter zu einer der Einfahrten und manipulierte am Schloss des Türöffners. Das Garagentor ging auf.

„Netter Trick", sagte Natter.

Der andere Mann antwortete nicht, sondern stiefelte in die Garage hinunter. Natter folgte ihm.

„Ich – und die meisten anderen Leute, die Ihren Spitznamen kennen – haben es von den beiden da."

Es waren zwei 1000er BMWs.

Natter schluckte. Dann fragte er heiser: „Was tun die hier?"

„Können Sie sich das nicht zusammenreimen?"

Natter schüttelte den Kopf. Er fühlte eine Art Betäubung.

„Da oben ist Prinz' Apartment. Soviel ich aus den Plaudereien im Puff weiß, hat er die Russin heute Abend hier zurückgelassen. Ich glaub, sie ist ein Gehaltsbestandteil für die Bullen, die er schmiert. He, Sie Arsch, schlagen Sie nicht mich, schlagen Sie die Nutte, wenn Sie schon jemanden schlagen müssen!"

„Entschuldigung", murmelte Natter. Er musste sich an eine der Betonsäulen lehnen.

Der EBT-Fahnder sah ihn jetzt mit einer Mischung aus Amüsement und Mitleid an. „Mann", sagte er. „Mir scheint, Sie hat es mächtig erwischt! Hören Sie, machen Sie jetzt keinen Scheiß! Ich hätte zwar anderes zu tun, aber gehen wir meinetwegen auf ein Bier und Sie quatschen sich mal aus!"

„Nein, danke", sagte Natter und löste sich mit einem Ruck von der Säule. „Wohin soll ich Sie fahren? Nach Bregenz?"

„Wenn's geht. Zur Sicherheitsdirektion."

Natter fuhr ihn hin. Als der Fahnder ging, streckte der ihm die Hand hin. „Überschlafen Sie die Sache", sagte der Mann, während Natter ihm geistesabwesend die Hand gab. „Bei Tageslicht sehen solche Geschichten ganz anders aus."

„Ja", sagte Natter. „Da ist etwas dran."

Er fuhr nach Hause, holte seine *Glock*, magazinierte sie vollständig auf, lud durch und steckte sie ein.

Er fuhr zu dem Haus, in dem Prinz' Apartment war, und parkte an derselben Stelle wie zuvor. Er wartete im Auto, die Pistole in der Hand. Sein Kopf war leer. Er sah zu, wie Katzen durch die kleine Grünanlage rund um das Haus strichen. Einmal ging ein Liebespaar eng umschlungen am Auto vorbei, ohne Natter zu sehen. Nach einer halben Stunde kam ein Volkswagen und fuhr in die Tiefgarage. Die Tür blieb lange genug offen stehen, dass Natter hingehen und einen Blick hineinwerfen konnte.

Die Motorräder waren nicht mehr da.

Natter las alle Namensschilder neben der verschlossenen Eingangstür. Prinz war nicht angeschrieben, aber es gab zwei leere Schildchen. Natter läutete abwechselnd bei beiden Sturm.

Die Stimme, die sich schließlich meldete, war die von Liz. Sie sagte nur „Ja“, aber Natter hätte sie auch an einem Räuspern erkannt.

„Ich bin’s, Cowboy Joe“, sagte er. „Mach auf.“

17

„Was ist los, Joe? Warum läutest du mitten in der Nacht wie ein Verrückter?"

Sie trug einen seidenen Morgenmantel, war barfuß und sah nicht so aus, als hätte sie schon geschlafen.

Natter starrte sie an. Ihre Brustwarzen zeichneten sich unter der Seide ab. Wenn er an ihren Körper dachte, sah er Lenz und Schiller daran herummachen wie zwei große Hunde an einer Jagdbeute. Diese Vorstellung nahm ihm die Lust, sie zu ohrfeigen, die er gerade noch verspürt hatte, und lähmte ihn. Er konnte nichts sagen.

„Setz dich mal hin, Joe. Willst du etwas trinken?"

Er setzte sich an den Tisch und sah ihr zu, wie sie eine Flasche aus einem Schrank nahm und bernsteinfarbenen Whisky in ein Wasserglas einschenkte. Die Pistole drückte ihn im Hosenbund, wohin er sie vorhin gesteckt hatte.

Um etwas zu tun, trank er von dem Whisky.

„Willst du nicht mal etwas sagen?" fragte sie. Sie saß so nahe, dass er kleine goldbraune Einsprengsel in ihrer fast schwarzen Iris sehen konnte.

„Du Sau", sagte er.

„Großartig", erwiderte sie. „Ihr Vorarlberger seid wirklich Charmeure." Sie rückte ein wenig ab und sah ihn nicht mehr an.

Natter stand kurz vor einem Tränenausbruch. Er zog die Pistole aus dem Bund und legte sie vor sich auf den Tisch.

„Willst du mich erschießen?" fragte Liz. Sie schien keine Angst zu haben.

„Eher mich", sagte Natter. Er nahm den Whisky und trank ihn aus. Es war *Caol Ila*, und Natter musste husten. Mit einem Mal fand er das alles komisch – die

Knarre auf dem Tisch, die russische Hure, die ihn forschend betrachtete, den Hustenanfall selbst. Das Husten ging in Lachen über.

„Magst du mir nicht sagen, was los ist, Joe?"

Doch, jetzt mochte er.

„Lenz und Schiller", sagte er. „Lässt du dich von denen ficken?"

Sie sah ihn mit großen Augen an. „Lenz und Schiller – wer ist das?"

Wollte sie ihn zum Narren halten? „Wer das ist?" wiederholte er.

„Das sind zwei deutsche Dichter, oder?"

„Die Motorradbullen?"

„Ach so, die? Heißen die Lenz und Schiller? Die kenne ich als Will und Ed."

„Lässt du dich von denen ficken?"

Liz holte sich selbst ein Glas, schenkte Whisky ein, trank ihn und lehnte sich zurück. Sie sah Natter mit festem Blick an, als sie sagte: „Joe, das ist mein Job. Ich bin eine Hure."

Dagegen ließ sich nicht viel sagen.

Nach einer Weile meinte Natter: „Das heißt doch nicht, dass jeder Kunde sein kann. Du und Prinz, ihr redet groß daher, dass ihr noch überlegt, wie du dich maximal einbringen kannst, oder wie die saublöde Wendung hieß, die er verwendet hat. Und dann finde ich dich unter denen!"

„Du hast mich unter gar niemandem gefunden!" sagte sie zornig. „Wenn du nur gekommen bist, um mir idiotische Vorwürfe zu machen, dann geh wieder, bitte, Joe! Dort ist die Türe!"

Wie auf ein Stichwort hörte man einen Schlüssel sich im Schloss drehen.

„Ist offen!" schrie Liz.

Prinz kam herein. „Ich glaub', ich träum'!" sagte er, als er Natter sah. „Bereitet man sich so auf ein wichtiges Spiel vor?"

„Ich scheiße auf das wichtige Spiel", bemerkte Natter.

„Komm, Junge, mach mich nicht fertig! Du musst morgen früh – heute früh – gewinnen, sonst stehen wir da wie die Deppen! Was brauchst du denn? Schlaf, eine Handentspannung, einen guten Fick? Oder was? Koks? Speed? Ohrfeigen? Arschtritte?"

Erst jetzt entdeckte Prinz die *Glock*. „Was ist los? Hast du schon wieder eine Kuh erschossen?"

„Manu, das ist nicht komisch!" sagte Liz.

Da musste Natter wieder lachen.

„Er findet es komisch", sagte Prinz ungläubig. „Ich begreif's nicht!"

„Er ist Ed und Will begegnet."

„Oh je! Hat er sie umgelegt?"

„Nein, leider", sagte Natter. „Ich hab' jedem zwei Kopfschüsse verpasst, da sind sie einfach davongelaufen."

„Hehe", sagte Prinz. „Ich wusste gar nicht, dass du Humor hast."

„Manchmal läuft's, manchmal nicht", meinte Natter. Er fühlte sich beinahe beschwingt.

„Sie sind zwei dumme Arschlöcher, aber man kann heutzutage nicht wählerisch sein bei den Gelegenheitsarbeitern."

„Macht es dir was aus, wenn ich den Rest der Nacht mit Liz verbringe?"

„Für den üblichen Tarif, meinetwegen mit Bonus für die *Große weiße Backgammonhoffnung*, also sagen wir fünftausend."

„He", sagte Liz. „Was soll das?"

„Es ist dein Job", sagte Natter. „Du bist eine Hure."

Sie schlug ihn mit der Faust gegen die Brust, er hielt ihre Hände fest.

„Sadomaso achttausend“, sagte Prinz. Er goss sich Whisky ein.

Später lagen sie zu dritt im Bett. Es war groß genug. Natter hatte seine Arme um Liz gelegt. Er schlief nicht, sondern befand sich in einem seltsamen Zustand zwischen Traum und Wachsein, und als seine Erektion nicht mehr abschwellen wollte, legte er Liz' Hand darauf. Auf dem Rücken liegend, spürte er, wie sie sich aufrichtete und ihm ein Kondom überzog. Er fragte sich schläfrig, ob sie es unter dem Kopfkissen verborgen gehabt hatte, sie war jedenfalls nicht aufgestanden, um es zu holen. Sie setzte sich auf ihn, führte ihn ein und bewegte ihr Becken.

Prinz war höflich genug, zu warten, bis Natter gekommen war, bevor er sagte: „Mit Hineinstecken neuntausend.“

18

Um fünf vor acht schrillte Prinz' Handy. Er tastete um sich, bis er es fand, meldete sich und hörte zu. Natter schwang die Beine vom Bett, setzte sich auf und stützte den Kopf in beide Hände. Liz schlief weiter oder tat zumindest so.

„Okay", sagte Prinz. „Sie sind da."

„Wer?"

„Die Jugos."

„Was tun die hier?"

„Was schon? Wetten abschließen. Der Bursche, mit dem ich gesprochen habe, während du mit den beiden rumgezogen bist, ist auch ein Zocker. Sie wollen auf dich setzen, Joe. Ist das nicht toll? Weißt du, wann die heute aufgestanden sind? Ungewöhnlich früh für zwei Frankfurter Luden! Sie wussten, dass sie aufgehalten werden würden. Sie verbrachten nämlich die letzten zwei Stunden am Zoll, aber da sie kluge Jungs sind, waren sie blitzsauber. Das Schlimmste, was die Zöllner gefunden habe, war 'ne Videokassette mit dem Titel *In der Lederhose wird gejodelt*. Kein Stoff, keine Waffen, keine falschen Pässe – der Pass von dem Typ, der nicht Deutsch spricht, ist offenbar allerbeste Qualität, oder wer weiß, vielleicht ist er sogar echt."

„Ich bin beeindruckt."

„Die setzen auf dich, und nicht wenig."

„Schön", sagte Natter. „Aber jetzt brauche ich etwas zu essen. Ich kann nicht spielen bei Zuckermangel."

„Wir frühstücken in der *Villa*."

„Warum? Spielen wir dort?"

Prinz zögerte etwas mit der Antwort. „Nein ... nein, aber der Jugo will mir vorher noch etwas zeigen. Letztes Mal sind wir nicht dazu gekommen, uns auch um diese Sache zu kümmern. Aber das geht schnell."

Während Prinz am Klo war, streichelte Natter Liz' Brüste. Sie schlug so übergangslos die Augen auf, dass klar war, dass sie längst wach gelegen hatte.

„Liz", sagte Natter. „Ich heirate dich."

Sie umfasste seine Morgenerektion und drückte sanft.

„Joe", erwiderte sie ernst, „Hör mir gut zu, was ich sage. Ich sage dir nämlich jetzt die Wahrheit: Ich werde als Hure eine Menge Geld verdienen und mindestens die Hälfte davon sparen. Vielleicht werde ich mich dann aufs Altenteil zurückziehen und wirklich irgendwann heiraten. Aber ganz sicher keinen Gendarmen."

„Ich könnte heute meine Karriere als Zocker beginnen."

„Ich habe mich schlecht ausgedrückt. Es gibt mehrere Berufe, die nicht in Frage kommen: Polizist, Zuhälter, Zocker. Ich werde einen netten Installateur oder Fotografen oder Autohändler heiraten."

„Es gibt keine netten Autohändler, und ich kann ebenso gut ein Rohr verlegen wie ein Installateur."

„Aber nur für neuntausend", sagte Prinz und warf die Klotür hinter sich zu. „Hör auf, so krankes Zeug zu reden, wir müssen los. Die Jugos sind ungeduldige Leute."

„Ich meine es ernst. Denk darüber nach", sagte Natter zu Liz.

„Über das alles habe ich schon nachgedacht, bevor du etwas zu mir gesagt hast. Es gibt nur zwei Möglichkeiten, und die eine heißt: irgendwann kein Milieu mehr. Und kein Milieu, das heißt: keine Bullen, keine Zuhälter, keine Zocker."

„Und die andere Möglichkeit?"

„Du machst wirklich viel Geld. Dann bist *du* der Kunde, den Manu für mich sucht, er hat es bloß bisher nicht realisiert."

Prinz lachte hässlich. „Gehen wir. Wir nehmen dein Auto.“

Natter zog sich an.

„Tschau, Liz“, sagte er, als die beiden Männer gingen.

Kaum hatten sie die Tür hinter sich geschlossen, holte Liz die Whiskyflasche. Wenn ich schon am Morgen zu saufen beginne, werde ich nicht viel Geld machen können in meinem Geschäft, dachte sie, während sie sich einschenkte. Aber was soll ich tun, wenn es mir so beschissen geht?

Im Fernsehzimmer saßen Antonič, Damjanovič und Milomir beim Kaffee. Natter erkannte Antonič nach dem Dia, abgesehen davon, dass dieser Typus Zuhälter irgendwann geklont worden sein musste. Damjanovič hatte seine offenbar unvermeidlichen Kopfhörer auf und grinste Natter zu, während Milo keine Miene verzog. Er grüßte, indem er die Hand hob und Daumen, Zeigefinger und Mittelfinger spreizte.

„Endlich“, sagte Antonič. „Noch fünf Minuten Warten und Milo hätte ein bisschen Leben in deine Stoßburg gebracht.“

„Es ist nicht meine Stoßburg“, sagte Prinz. „Da hätte es den Falschen getroffen.“

Nämlich Milo, dachte sich Natter, denn dieser Puff gehörte Rosegger, und der hatte die Macht, mit diesen drei Luden Schlitten zu fahren.

„Okay, fangen wir an.“ Antonič griff nach der Fernbedienung. Der Fernseher war auf Standby geschaltet.

Prinz sagte: „Wart’ einen Moment, die Moni bringt noch unser Frühstück. Ich möchte nicht, dass sie den Film sieht.“

Die leere Hülle für das Videoband lag auf dem Tisch. Natter fragte sich, ob die Männer nun im Ernst am frühen Morgen vorhatten, sich *In der Lederhose wird gejodelt* reinzuziehen.

„Meine Fresse!" sagte Antonič in seinem unpassend harmlos wirkenden, babbelnden *Frankforter-Jongen-*Tonfall. „Hoffentlich kommt die Tussi gleich mal."

Die Frau, die Natter von der Bar kannte, kam mit einer Kanne Kaffee und einem Tablett mit Brötchen, Wurst und Käse.

„Wir können", meinte Prinz, als sie wieder draußen war.

Damjanovič nahm den Kopfhörer ab.

Antonič startete das Band.

Es war nicht *In der Lederhose wird gejodelt.* Der Film hatte überhaupt keinen Titel, obwohl er offensichtlich von Profis gedreht worden war. Die Szene sah nach einem Hotelzimmer aus. Einem jungen Mädchen, das ein Kopftuch trug, wurden die Kleider vom Leib gefetzt. Dann wurde sie geschlagen und von mehreren Männern vergewaltigt, wobei man die Gesichter der Vergewaltiger nicht sehen konnte. Der Kameramann zeigte stattdessen das verzerrte Gesicht der Frau. „Das ist alles in der Kamera geschnitten", sagte Damjanovič stolz. „Seht ihr die Zeitlupe? Genau an der richtigen Stelle, da wo man die Details sehen will."

Natter war froh, dass er nichts im Magen hatte. Er hätte es über den Tisch gekotzt. Sie schnitten der Frau die Brüste ab, erst die eine, dann die andere. In Großaufnahme wurde ihr eine Pistole an den Kopf gesetzt und abgedrückt. Die Einstellung blieb noch kurz auf der Leiche. Jemand drückte ihr eine Flasche in die Vagina.

„Bei diesem Abschnitt gibt es natürlich strafrechtliche Probleme", sagte Antonič. „Das ist Porno, wegen der Fickerei. Nachher kommen Folterungen und Tötungen ohne Sex, dagegen gibt es überhaupt keine gesetzliche Handhabe, das ist wie Horrorfilm. Halt ab 18, aber nicht verboten."

Natter sah weg. Die Tonkulisse des Films war schon schlimm genug. Jemand zischte ihm etwas in das Ohr. Es war Damjanovič. Als er sah, dass Natter nicht verstanden hatte, wiederholte er lauter: „Daraus nehmen wir Szenen für das Musikvideo. Das kann MTV zwar nicht bringen, außer wir hacken es so klein, dass man es nicht mehr richtig erkennen kann, aber unter der Hand verkaufen wir es gut."

Antonič stoppte das Band, bevor es zu Ende war. Er sah Prinz an. „Unsere amerikanischen Geschäftsfreunde reißen uns das aus der Hand, in den Staaten gibt es einen gut organisierten Markt dafür. Aber glaubst du, dass man es in Frankreich und England verkaufen kann?"

Prinz schüttelte den Kopf. „Es gibt natürlich Liebhaber für so was in Europa, aber bei Weitem nicht in dem Ausmaß wie in den USA. Ich glaube nicht, dass man so hohe Zahlen absetzen kann, dass es sich rentieren würde, einen Vertrieb aufzubauen. In den Staaten habt ihr ja schon bestehende Vertriebssysteme."

Es war klar, dass er die Mafia meinte. Auch Natter hatte schon vom Handel mit mexikanischen und südamerikanischen Snuff-Videos gehört. Sogar in Deutschland kursierten Bänder, auf denen Kinder vergewaltigt und getötet wurden. In der Gendarmerieschule hatte man ihnen die Fotokopie eines deutschen Verleihkatalogs gezeigt, in dem es hieß: *Eine Achtjährige wird ordentlich hergenommen und durchgevögelt, so oft, dass sie es nicht aushält. Am Schluss ist sie leider hin.* Er hatte damals nicht geglaubt, dass das Dokument echt war, weil er sich nicht vorstellen konnte, dass es wirklich Käufer für so etwas gab. Jetzt saß er unter einem solchen Publikum: Antonič, der Produzent der

Todesvideos, Damjanovič, den lediglich die Kommerzialisierung als Death-Rock-Video interessierte, Milomir, den das alles weder zu berühren noch zu interessieren schien.

Natter warf einen Blick auf Prinz. Der hatte seine Miene völlig unter Kontrolle, es war ihm nicht anzusehen, was er von dem Geschäft hielt.

„Ich hab mir so was schon gedacht“, sagte Antonič. „Bei uns in Frankfurt kenne ich bloß fünf oder sechs Leute, die es kaufen würden und könnten – der Preis ist ja auch ein Problem, das Zeug ist wirklich nicht billig –, und das bringt es nicht. Ich hatte auf Großbritannien gehofft.“

„Ich kenne jemanden in Brighton, der da vielleicht etwas *anteigen* könnte, aber Renner wird das keiner, da bin ich mir sicher.“

„Dann lassen wir es. In dem Fall kann ich das Material den amerikanischen Freunden auch noch exklusiv verkaufen.“

„Das bringt möglicherweise einen Zuschlag, der besser ist als das zweifelhafte britische Geschäft.“

„Das sehe ich auch so. Das Band lass ich dir hier, als Souvenir. Ihr habt sicher Kunden, die das vor dem Ficken gegen eine kleine Gebühr anschauen wollen. Was ist jetzt mit dem Spiel? Warum sieht der Champ so blass aus?“

„Gestern zu viel gesoffen“, sagte Natter schnell. „Ist aber kein Problem beim Spielen.“

„Das hoffen wir aber sehr“, sagte Antonič, nahm das zurückgespulte Band aus dem Videorecorder und drückte es Prinz in die Hand. „Schließlich setzen wir auf dich. Und alles nur, weil unser alter Freund und Geschäftspartner Rosegger uns schon lange stinkt. Wir möchten wirklich nicht, dass er gewinnt.“

Das klang wie eine Drohung. Natter sagte: „Er gewinnt nicht."

„Wo wird gespielt? Hier?"

„Nein", sagte Prinz und legte das Band beiseite. Natter fiel wieder dieses Zögern auf. „Ihr kennt ja Rosegger – manchmal hat man das Gefühl, er sei schon ein bisschen gaga. Nicht, was das Business betrifft, aber sonst."

„Also wo ist es?"

„Fahrt uns einfach nach."

Sie wollten gerade in die Autos steigen, als Natter sagte: „Es hilft nichts – ich muss noch schnell aufs Klo. Hab' Dünnschiss, das ist immer so vor einem Turnier. Das hat absolut nichts zu bedeuten, ich spiele schließlich mit dem Kopf, nicht mit dem Arsch. Steigt schon mal ein, ich bin sofort wieder da."

„Du scheißt dich nicht wegen Rosegger an, hoffe ich", sagte Antonič.

„Ich sagte doch schon: Ich gewinne."

„Denk daran, wenn es soweit ist."

Natter lief zurück ins Haus. „Wo ist Petch tewee?" Die Barfrau lächelte erstaunt. „In ihrem Zimmer. Nummer 7."

Er rannte hinunter, klopfte an die Tür, riss sie auf. Die Thailänderin saß auf ihrem Bett und schnupfte weißes Pulver. Als sie Natter erkannte, ging ein so freudiges Strahlen über ihr Gesicht, dass es ihm geradezu wehtat.

„Hör zu, Petch tewee, tust du mir einen Gefallen? Kannst du hier weg?"

Sie nickte eifrig. „Seit er weg ist, kann ich. Kriege Monikas Auto. Ich habe keinen Führerschein, aber ich kann fahren. Was soll ich tun?"

„Schnell. Schreib auf einen Zettel – du kannst doch schreiben, oder?"

Sie sah ihn aus weit aufgerissenen Augen an. „Klar kann ich schreiben, Cowboy Joe. Was soll ich schreiben?“ Man hörte, dass sie *Cowboy* für einen Kosenamen hielt.

Natter diktierte ihr den Namen des Hotels *Schweizerland*, die Namen der drei Serben und die Nummer ihres Mietwagens. Er sah zu, wie sie in einer Mischung aus den geschwungenen Thai-Buchstaben und krakeliger Blockschrift zwar seltsam aussehende, aber durchaus lesbare Wörter aufs Papier brachte.

„Schnell, Petch tewee, schnell!“

„Ich mach ja schon schnell!“

„Mit diesem Zettel fährst du an diese Adresse.“ Er nahm ihren Kuli und einen anderen Zettel und schrieb auf, wo Ünlüels Videoladen in Bregenz war, außerdem den Namen des Türken. „Du verlangst diesen Mann, niemand anderen! Wenn er nicht da ist, gehst du nochmals hin! Hast du das verstanden, das ist wichtig! Dem gibst du das Band!“

„Was für ein Band?“

„Beim Fernseher drüben liegt ein Videoband, auf der Hülle steht *In der Lederhose wird gejodelt*. Mach eine Kopie davon und bring sie diesem Mann! Sag ihm, er wolle sicher solche Videos kaufen, und gib ihm die Adresse. Und geh nicht weg, bevor er es eingelegt hat und du sicher bist, dass er es sich auch wirklich ansieht. Er wird denken, dass es ein *Homemovie* ist, deshalb will er vielleicht nicht. Geh nicht weg, bevor er es nicht anzuschauen angefangen hat. Aber hau ab, sobald du sicher bist, dass er es ansieht! Hast du mich verstanden?“

„Hab’ alles verstanden, Cowboy Joe.“

„Machst du das?“

„Wenn ich es dir doch sage. Petch tewee macht alles richtig, Joe.“

Er küsste sie auf den immer noch verschwollenen Mund und raste davon. Sie zog das weiße Pulver auf.

„Du scheißt lang", sagte Antonič, als Natter zu den Autos zurückkam.

„Ich konnte nicht aufhören, es kam wie Wasser", erwiderte Natter. „Eine nervöse Reaktion."

„Fahren wir", drängte Prinz.

Der Mietwagen fuhr hinter Natters Auto her.

Prinz sagte: „Der Film hat dich schockiert, oder?"

„Kann man schon sagen."

„Mich eigentlich auch ein bisschen. Ich hatte mehr so etwas in Richtung Sadomaso erwartet, nicht so beinhartes Zeug."

„Wo haben die das gedreht?"

„In einem Hotel namens *Feenhaar* oder so ähnlich. In Bosnien natürlich. Soweit ich es mitgekriegt habe, ist es eine Produktion der Privatmiliz, die Antonič da unten führt. Die Armeeführung ist auf so was nicht so geil, vor allem wegen der psychologischen Wirkung auf das Ausland, aber im Kriegsgebiet herrscht die totale Anarchie, die könnten denen das nicht abstellen, selbst wenn sie sich überhaupt darum kümmern würden. Antoničs Leute drehen für ihre Partner in Philadelphia. Ich glaube wirklich nicht, dass man es in Europa verkaufen könnte."

„Würdest du es verkaufen?"

Prinz warf ihm einen Blick zu. Dann hob er seinen linken Fuß. „Siehst du diesen Slipper? Er ist aus Schildkrötenleder. Ich bin dagegen, dass Schildkröten dafür abgemurkst werden, dass man aus ihrer Haut Schuhe macht. Ich wäre sofort dafür, damit aufzuhören und es unter Strafe zu stellen. Aber als ich diese Schuhe im Geschäft gekauft habe, war diese spezielle Schildkröte bereits tot, sie hätte also nichts davon gehabt, wenn ich die Schuhe aus Protest nicht gekauft hätte. Diese Frauen in dem Film sind auch schon tot, für die können wir nichts mehr tun. Aber für den Film gibt's Nachfrage, warum sollte man ihn also wegschmeißen?"

Natter, der eine Zeitlang das Gefühl gehabt hatte, jemanden wie Prinz verstehen zu können, spürte, wie dieser Eindruck schwand. Er wechselte das Thema.

„Wohin fahren wir?"

„In den FKK."

„Wohin?"

„In den FKK." Prinz benagte seine Oberlippe. „Ich hab' ja schon gesagt, dass Rosegger allmählich komisch wird. Er trifft sich fast nur noch im FKK mit Leuten, von denen er glaubt, sie könnten verdrahtet sein. Paranoia. Zuviel Koks, nehme ich an. Kannst du nackt nicht spielen, oder was?"

„Hab's noch nicht probiert."

Die Serben waren auch wenig begeistert, als sie herausbekamen, wo sie waren.

„Tut mir leid, aber Rosegger ist nun mal so. Geld, Schuhe, eventuell ein Hütchen. Mehr will er an den Leuten nicht sehen."

Nachdem sie ihre Sachen in den Kästchen untergebracht hatten, folgten sie Prinz in den hintersten Teil des weitläufigen Geländes. Es war ein Platz, der auf drei Seiten von Schilf umgeben und gegen das Wasser hin offen war. Man erreichte ihn über durch das Schilf getrampelte Wege, in denen Gestalten herumlungerten, die jeden Außenstehenden allein durch ihren Anblick abhalten würden, zu weit vorzudringen. Eine Gruppe von etwa zwanzig Personen wartete schon. Die meisten Männer sahen aus wie die Posten im Schilf, die Frauen hatten gute Figuren und ordinäre Gesichter. Natter sah nirgendwo Rosegger, den er von Fotos her kannte.

Der große Boss war vielleicht schon da, aber natürlich würde er die anderen auf sich warten lassen und als letzter kommen. Prinz spielte den Buchmacher. Er hielt eine kleine Ansprache, aber Natter hörte nicht zu. Die Männer unterbrachen Prinz mit Scherzen, die Frauen lachten schrill. Alle schienen gut gelaunt.

Natter dachte an eine Zeitungsgeschichte, die er einmal gelesen hatte: Ein Mann, der nackt durchs Schilf ging, hatte sich an der rasiermesserscharfen Kante eines Schilfblattes die Vorhaut abgeschnitten. Er betrachtete Damjanovičs *amerikanische* Tätowierungen – es waren wirklich Harley-Davidson-Motive, wie Jäger vermutet hatte – und blickte Antonič auf den Penis, ohne sich groß darum zu kümmern, ob jemand sein Interesse bemerkte oder nicht.

„Was bedeuten diese vier C?“ fragte er Prinz, der seine Rede beendet hatte und aus einer Weinflasche trank, die ihm einer der Männer hingehalten hatte.

„Das sind keine C, sondern kyrillische S. Irgendein serbischer Spruch, frag Damjanovič.“

Natter tat es. Damjanovič sagte: *„Samo sloga Srbina spasava.“* Das kam Natter bekannt vor. Er fragte: „Und was bedeutet das?“

„Nur Einigkeit rettet den Serben.“

Drei Männer traten aus dem Weg auf die Schilflichtung. Der älteste von ihnen war Rosegger. Er hatte eine athletische Figur, weißes Gewöll auf der Brust und dem Bauch, einen Hodensack wie ein Basset und einen düsteren Gesichtsausdruck. Neben den leeren Visagen seiner beiden Begleiter wirkte er individuell, geradezu charaktervoll.

Natter hatte irgendwelche Einleitungszeremonien erwartet, aber er wurde nicht einmal vorgestellt. Die beiden Buckel Roseggers breiteten Decken aus und stellten ein Backgammonbrett auf. Das erste, was Rosegger mit seinem metallischen Bass zu Natter sagte, war, ob er mit den Würfeln einverstanden sei. Wenn ja, solle er seinen Set wählen.

Natter nickte und nahm zwei von den fünf Würfeln. Der fünfte Würfel war zum Verdoppeln da.

Die Geldangelegenheiten lagen alle in der Hand von Prinz.

Beide Spieler würfelten; Rosegger hatte fünf und sechs, Natter drei und sechs.

Natter spürte, wie er sich gegen alles abschirmte und in die abstrakte Welt des Spiels eintauchte. Es war wie die Bewusstseinsverengung in einem Rausch: Die Umwelt wurde zur Kulisse für das wirkliche Geschehen.

Das wirkliche Geschehen bestand aus einem Brett mit gezacktem Muster, fünf Würfeln, dreißig Steinen und einer Anzahl festgelegter Regeln.

Die Sonne, der Brackwassergeruch des Sees, das Rascheln des Schilfes, die summenden Insekten, das ferne Kreischen der Möwen, die Runde von Zusehern wurden unwirklich.

Seit langer Zeit fühlte sich Natter zum ersten Mal wieder in seinem Element.

Gegen halb zwei war eine Pause für einen Imbiss vorgesehen. Rosegger stapfte mit seinen Trabanten davon. Natter sagte zu Prinz, er habe keinen Hunger. Er wollte keine Unterbrechung des Rausches. Prinz sagte, man müsse sich nach Rosegger richten, und eilte hinter diesem her.

Die Zuschauer schnatterten untereinander. Natter ging am Ufer ein paar Schritte hin und her. Er hatte keine Lust, etwas zu sagen und war über die Unterbrechung zornig.

Prinz kam ebenso verwirrt wie glücklich aussehend zurück und sagte, Rosegger habe sich angezogen und sei weggefahren. Er werde nicht zurückkommen.

„Er schmeißt es hin?“ fragte Natter ungläubig.

„Du hast ihm die Schneid abgekauft, Junge!“

„Er hätte immer noch gewinnen können!“

„Rosegger hat einfach keine Lust mehr. Und er hat ausbezahlt!“ Prinz hatte eine Menge Bargeld bei sich.

Irgendwelche Ganoven wollten Natter die Hand schütteln.

Genau in diesem Augenblick entdeckte Natter Schiller und Lenz. Sie mussten irgendwann während der letzten Partie gekommen sein.

Das Spiel war zu Ende, die Welt war wieder da.

Natter zog Prinz beiseite und redete auf ihn ein. Prinz schüttelte den Kopf. Natter gab nicht nach. Prinz zog Schiller und Lenz beiseite und redete auf sie ein. Sie schüttelten die Köpfe. Prinz trat in die Mitte der fröhlichen Gruppe, die offenbar samt und sonders gegen Rosegger gesetzt hatte, und sagte, es gäbe die Möglichkeit, ein ganz besonderes Spektakel zu sehen und darauf zu wetten.

Alle waren sehr dafür.

„Und zwar geht es darum, dass unser Backgammonchampion nach seiner psychischen Bestleistung auch noch eine physische vorstellen möchte. Die meisten von euch kennen diese beiden Herren hier, Will und Ed. Cowboy Joe schlägt einen *Bare-Knuckles*-Kampf vor, also einen Boxkampf mit bloßen Fäusten, jetzt und hier. Er tritt gegen Will und Ed an!“

Applaus, Gegröle.

„Was, zwei gegen einen?“ rief ein fetter kleiner Mann mit Glatze und Brusttoupet.

„Nein, nacheinander. Zwei Kämpfe nacheinander, jeder zu zwei Mal drei Minuten.“

„Kann er nicht gewinnen!“

„Dann kannst du ja hoch gegen ihn setzen!“

„Mach’ ich, mach’ ich!“

Prinz dämpfte die Begeisterung mit einer Handbewegung. „Die Sache hat einen Haken: Ed und Will wollen nicht.“

Ein Sturm der Entrüstung. Was, zu zweit gegen einen, und nicht wollen? Feige Schweine! Drecksäue! Sofort in den Ring!

Die beiden nackten Gendarmen sahen nicht glücklich aus. Natter sagte zu Schiller (oder war es Lenz?): „Na, du feiger Scheißer?“

„Also gut“, sagte Lenz (oder Schiller), „wenn du unbedingt die Fresse poliert haben willst, du Bergschimpanse, dann machen wir es eben. Aber nicht nachher petzen gehen!“

Anhaltende Begeisterung. Prinz nahm die Wetteinsätze entgegen. Ring gab es natürlich keinen, aber die Kette der Zuschauer grenzte den Platz klar ab. Einer der Männer wies sich durch die gebrochene Nase als Ex-Boxer aus. Er wurde als Ringrichter eingeteilt. „Die üblichen Regeln“, sagte er gepresst. „Kennt ihr eh alle. Wer sind die Punktrichter?“

„So genau nehmen wir es nicht“, sagte der kleine Glatzkopf, der hoch gegen Natter gesetzt hatte, „wer liegen bleibt, hat verloren.“

„Wir haben keinen Zahnschutz“, wurde einem der Zwillinge klar.

„Wer mehr Zähne verliert, hat verloren“, schrie der Mann mit der Glatze.

„Wir haben keinen Gong“, bemerkte Prinz.

„Mein jeweiliger Gegner erzählt einen Witz, sobald die Pointe ausgesprochen ist, geht es los“, sagte Natter.

Dafür waren alle außer Schiller und Lenz, die somit überstimmt wurden.

Außerdem wollte Schiller Lenz den Vortritt lassen, und umgekehrt. Prinz warf eine Münze. Schiller war Natters erster Gegner.

„Einen Witz erzählen – so ein Blödsinn“, sagte er.

„Also fang schon an!“ rief Damjanovič. Er hatte auf Natter gesetzt.

Schiller sah, dass ihm nichts anderes übrig blieb. „Zwei Wälderinnen beim Kartoffelernten. Hebt die eine eine Knolle hoch und sagt: So einen Sack hat mein Mann! Sagt die andere: Was, so groß! Sagt sie: Nein, so dreckig!“

Er hatte bei „dreckig“ sofort zuschlagen wollen, aber unmittelbar nach dem „g“ brach ihm Natter mit seinem ersten Schlag das Nasenbein. Schiller war stark und mochte gut trainiert sein, aber er war kein Boxer. Er taumelte zurück und bekam einen Hagel von Schlägen in die Magengegend. Der erste Hieb war ein Risiko für Natter gewesen. Beim Boxen mit bloßen Fäusten brechen die Knochen der Hand schnell, wenn man gegen den harten Kopf schlägt. Die Nase freilich hatte nachgegeben. Jetzt drosch Natter in den relativ weichen Körper Schillers wie seinerzeit beim Training in den Sandsack.

Der Ringrichter trennte die beiden. Schiller musste sich hinsetzen. Seine Nase war so aufgeschwollen, dass kein Blut austrat. Er jammerte, dass er keine Luft bekäme. Trotz heftiger Proteste jener, die auf die Zwillinge gesetzt hatten, erklärte der Ringrichter grinsend diesen Kampf für beendet.

Natter schnaufte heftig. Er bemühte sich, seinen Atem unter Kontrolle zu bekommen. Es gab keinen Stuhl in der Ecke und keinen handtuchwedelnden Trainer. Natter ging zum Wasser hinüber und spritzte sich welches ins Gesicht und auf den Oberkörper.

„Gilt das?“ rief Lenz anklagend zum Publikum. „Das gilt doch nicht!“

„Du kannst dich auch nassmachen“, sagte Antonič, „wenn ich mich nicht irre, tust du das ohnehin gerade.“

Natter musste aufpassen, dass er nicht seinen Kampfgeist verlor. Die Gegner machten so lächerliche Figuren, dass seine Aggression beinahe verpuffte.

„Also, komm schon“, sagte er.

Lenz hob seine Fäuste. Er hatte eine größere Reichweite als Natter. Die Frage war, ob er schon früher geboxt hatte.

„Der Witz“, rief Prinz.

Natter fixierte seinen Gegner. Lenz schwitzte. Er wollte offensichtlich nicht kämpfen. Das war eine gute Voraussetzung für Natter.

„Also, was ist?“ fragte der Ringrichter.

„Sagt ein Wälder zum anderen: Machst du es deiner Frau auch manchmal in das andere Loch? Antwortet der: Bist du blöd? Da könnte sie ja ein Kind kriegen!“

Lenz war so fixiert darauf, ebenso wie sein Kumpel beim letzten Wort sofort eines verpasst zu bekommen, dass er die Deckung einen Moment sinken ließ, als es nicht geschah. Natter schlug ihn auf das linke Auge, mit einer darüberwischenden Bewegung, die verhinderte, dass er sich dabei die Knöchel brach. Lenz’ Braue platzte auf. Er begann heftig zu bluten und wischte sich mit der rechten Hand über das Auge, worauf ihn Natter in die ungedeckten Rippen schlug. Lenz stöhnte auf und geriet in Panik: Er ging Fäuste schwingend auf Natter los, der zwei mittelschwere Treffer gegen den Kopf einsteckte, bis er seine Überraschung überwunden hatte. Dann schlug er eine klassische Links-Rechts-Links-Kombination und erwischte mit der linken Geraden Lenz am Wangenknochen. Lenz’ Haut platzte auch dort auf. Sein Gesicht war jetzt blutüberströmt. Der Mann blutete schnell. Sein Schnurrbart tropfte. Natter wusste, dass das nichts bedeutete, aber das Publikum war begeistert. Es wollte noch mehr Blut sehen.

Lenz stolperte zurück und hob abwehrend die offenen Hände. Er gab auf. Der kleine Mann mit der Glatze stürzte fluchend nach vorn und schlug auf Lenz ein. Der Ringrichter stieß ihn zurück. Einen Moment sah es nach einer Massenschlägerei aus, aber dazu kam es nicht. Antonič, der auf Natter gesetzt hatte, sprach ein Machtwort. Prinz bekam die Lage in den Griff. Er zahlte die Wetten aus.

Natter ging durch das Schilf davon. Niemand bemerkte es, alle waren mit ihrem Geld beschäftigt, die Verkehrspolizisten mit dem Lecken ihrer Wunden.

Natter holte seine Kleider aus dem Kästchen, zog sich an und verließ das FKK-Gelände. Er stieg in sein Auto, fuhr an Kieshaufen vorbei zur Hauptstraße.

Ein paar Minuten später stellte er den Wagen ab und stieg zu Fuß auf einen grasbewachsenen Damm. *Der Gendarm hat Wälder, Schluchten, Sand- und Schottergruben und sonstige Schlupfwinkel zu durchsuchen und bei der Rückkehr in der Regel einen anderen Weg einzuschlagen. § 68 der Gendarmeriedienstinstruktion.*

Natter fühlte sich ausgepumpt, nicht nur physisch, sondern vor allem geistig. Seine Hände schmerzten, aber er beachtete es nicht weiter. Auf den Rippen würde er ein paar Blutergüsse haben, und die Kopftreffer spürte er auch noch.

An diesem schönen Nachmittag waren Fußgänger und Radler auf dem Damm unterwegs, der in das Rheindelta hinausführte. Die ihm entgegenkamen, starrten Natter an, weil sein Gesicht angeschwollen war und seine linke Hand blutete, wo die Haut aufgesprungen war. Jetzt spürte er allmählich auch immer stärker eine Verstauchung in den Fingern.

Trotzdem: Er hatte gewonnen. Er hatte Rosegger im Backgammon geschlagen, und er hatte Schiller und Lenz verprügelt. Vermutlich bekam er noch Geld von Prinz, selbst nach Abrechnung des Schuldscheins.

Und doch war das alles nichts. Es war kein Triumph, es war alles bloß eine Trottelei. Wald- und Wiesenschlägereien, ein Gegner, den zu besiegen keinen Spaß machte. Stumpfsinn. Kriminelle Blödheit.

Sabine stand vor dem Haus ihrer Eltern und sprach mit einer älteren Frau, die eine Plastiktasche in der Hand trug, in der vermutlich soeben gekaufter Schafkäse war. Als sie Natter erkannte, sah sie ihn mit großen Augen an.

„Was ist mit Ihnen los? Haben Sie sich weh getan?“

„Nur ein bisschen.“

„Kommen Sie rein, ich klebe Ihnen ein paar Heftpflaster drauf. Waren Sie bei einem Einsatz?“

„Könnte man sagen.“

Die Frau mit der Plastiktasche starrte Natter neugierig an. „Bei einem Einsatz? Sind Sie bei der Feuerwehr?“

„Bei der Naturwacht. Ich bin von zwei Hammeln attackiert worden.“ Sie ließen sie stehen und gingen in das Haus.

Der kleine Junge begrüßte Natter.

„Meine Eltern sind nach Bregenz gefahren“, erklärte Sabine. „Ich glaube, essigsaure Tonerde wäre besser als Heftpflaster.“

„Am liebsten wär mir ein Kaffee“, sagte Natter.

Als er eine Viertelstunde später das heiße schwarze Getränk schlürfte, sagte er: „Ich werde in die Berge gehen.“

„Ich würde auch gerne in die Berge gehen, einen Sommer lang, mit den Schafen und mit dem Kleinen. Das gibt viel bessere Milch und damit geschmackvolleren Käse. Und wenn ich eine Zeitlang meine Eltern nicht sehen muss, ist es mir auch recht."

„Und warum gehen Sie nicht?"

„Ich hab noch keine Alpe gefunden."

„Ich werde mich für Sie umsehen."

„Sie gehen Bergwandern?"

„Nein, ich lasse mich versetzen. Nach Damüls oder so. Weit weg. Dann schaue ich, ob ich eine Schafalpe für Sie finde. Dann müssen Sie aber auch wirklich kommen."

„Wenn ich es doch sage."

Sie lächelte ihn an. Obwohl sein Gesicht jetzt immer mehr weh tat, lächelte Natter zurück.

19

Jäger sagte: „Lass es doch, das wird nichts."

Gerda putzte beharrlich an den Schuhen herum. Der Fleck wollte nicht verschwinden.

„Diese Katzenkotze hat sich in das Kalbsleder richtig hineingefressen", meinte Jäger. „Das geht nie mehr raus."

„Wir werfen sie jedenfalls nicht gleich weg, dafür waren sie zu teuer und sind immer noch zu schön. Der Rand des Flecks verschwimmt allmählich wieder."

„Ich muss gehen", sagte Jäger. „Ich ziehe heute eben andere Schuhe an."

Er schlüpfte in weiße Sämischslipper.

„Du solltest diesem Cowboy eine Rechnung legen", schlug Gerda vor.

„Der hat genug um die Ohren. Er ist nicht sehr glücklich bei uns, wie es scheint. Will wieder zurück auf einen Posten irgendwo draußen."

„Zieht es ihn zurück zu den Kühen?"

Jäger zuckte die Achseln. „Vielleicht. Ich werde nicht schlau aus ihm, aber er macht jedenfalls einen recht entschlossenen Eindruck."

Er hatte am Vorabend ein langes Telefongespräch mit einem Freund in Wien geführt, das sich zu einem großen Teil um Natter gedreht hatte. Es waren auch Andeutungen über einen Laster gefallen, der angeblich Hilfslieferungen nach Bosnien bringen sollte, tatsächlich aber koreanische Waffen transportiere. Er würde sein Ziel nicht erreichen, meinte Jägers Freund, aber in der Zeitung würde der Vorfall kaum erwähnt werden. Aber davon plauderte Jäger nichts aus, weder gegenüber Gerda noch sonst jemandem.

Er küsste seine Freundin und ging ins Büro.

Die Männer im Medienraum hatten der Morgenbesprechung aufmerksam zugehört. Es waren neue Prioritäten gesetzt worden. Die teure Rund-um-die-Uhr-Überwachung des Bekir Tarık Ünlüel wurde aufgegeben.

„Ein Grund dafür ist, dass sich andere Polizeistellen für Ünlüel zu interessieren beginnen. Es sieht so aus, als hätte er Verbindungen zu Islamistenkreisen. Die Stapo steckt ihre Nase da hinein. Übrigens, wenn wir gerade von Terror reden: Ihr habt es ja wahrscheinlich alle gestern Abend in den Nachrichtensendungen gesehen: Diese Serbenangelegenheit, die ich neulich eurer Aufmerksamkeit empfohlen habe, hat sich erledigt. Die Autobombe, die gestern früh auf dem Parkplatz des *Hotel Schweizerland* explodiert ist, hat alle drei in Fetzen gerissen, die St. Galler Kantonspolizei hat mittlerweile aus den Plastiksäckchen mit den gefunden Resten Stückchen von allen dreien eindeutig identifiziert. Von Antonič haben sie den Penis, von Damjanovič ein Ohr, und ein paar Fleischfetzen, die andere DNA haben, gehören wohl dem Dritten. Die Bombe wurde ferngezündet von jemandem, der darauf wartete, bis alle drei ins Auto gestiegen waren. Absolute Profiarbeit, sieht nicht nach der Zuhälterfehde aus, die als gängige Theorie verbreitet wird. Vielleicht hat die HOS zugeschlagen, oder Bosnier. Die St. Galler Dienststellen verbreiten offiziell, vielversprechende Spuren zu verfolgen, und geben inoffiziell zu, keine Ahnung zu haben. Die drei Serben waren einen Tag in Fußach, aber durch eine der üblichen Pannen bei der Nachrichtenübermittlung haben wir das erst im Nachhinein erfahren. Gut, dass es die Typen nicht bei uns erwischt hat, sonst könnten wir jetzt die Plastiksäckchen nach Spuren durchgehen."

„Was haben die in Fußach gemacht?"

„Anscheinend waren sie im FKK."

Gelächter. Jäger warf einen Blick auf Natter, der nicht lachte und einen Punkt an der Wand hinter Jäger betrachtete.

„Gut", sagte Jäger. „Das war's für heute Morgen. Übrigens, der Winsler ist wieder da. Sieht so aus, als hätte er Holzers Tod vorhergeahnt. Na, wie auch immer, ich muss zu einer Pressekonferenz wegen des Anstiegs an Einbruchsdiebstählen durch Junkies und wegen dieser Holzer-Geschichte. Gehört beides zu meinen Lieblingsthemen. Ach ja, Natter, kommen Sie doch noch kurz in mein Büro, bevor Sie mit Moser zum Einsatz fahren."

Jäger nahm ein Foto von seinem Schreibtisch und zeigte es Natter. „Kennen Sie diese Frau?"

Natter betrachtete die Aufnahme. „Das ist eine der Prostituierten, die in der *Villa oscura* arbeiten. Eine Thailänderin. Gehörte, glaube ich, Holzer."

„Warum geht die in Ünlüels Videoladen?"

Natter sah Jäger an. „Um einen Videofilm auszuleihen?"

„Warum ausgerechnet bei Ünlüel? Es gibt für sie jede Menge näher gelegene Videotheken."

„Ja, *ich* weiß es nicht", behauptete Natter.

„Gehen Sie eigentlich noch in die *Villa oscura*?"

„*Der Gendarm hat bei seinen Streifungen insbesondere auf einschichtig gelegene Häuser und übelberüchtigte Schenken sein Augenmerk zu richten.*"

„Was heißt das?"

„Das ist der Paragraph 70 der Gendarmeriedienstinstruktion, Herr Major."

„Aha. Und: Richten Sie Ihr Augenmerk?"

„Nein. Nicht mehr."

„Das ist gut. Sie hätten da auf die Dauer ganz schön in die Bredouille geraten können. Haben Sie noch Kontakt zu diesem Prinz?"

„Er ist verreist, soviel ich weiß."

„Verreist?"

„Mit einer russischen Prostituierten. Angeblich nach London. Ich glaube, er sucht reiche Kunden für sie."

„Ach, er arbeitet schlicht und einfach als Zuhälter? Ich hatte immer den Eindruck, er hielte sich wirklich für etwas Besseres, für eine Art Manager oder so was."

„Ich weiß es nicht, Herr Major, so genau habe ich ihn nun auch wieder nicht kennengelernt. Ich hatte aber den Eindruck, dass er sie anständig behandelt."

„Natter, möchten Sie nicht zur EBT? Ich hatte den Eindruck, Sie wären gut geeignet für eine solche Einsatztruppe."

„Das habe ich auch geglaubt, aber ich habe jetzt gesehen, dass ich mich geirrt habe. Ich möchte zurück auf einen Gendarmerieposten."

„Ich weiß, ich habe Ihr Ansuchen gelesen. Ich finde es schade, wenn Sie irgendwo in einem stillen Winkel versauern."

„Gibt es denn noch stille Winkel, Herr Major?"

„Es macht schon einen Unterschied, ob Sie fingierte Schidiebstähle klären oder Heroinhändler jagen."

„Deswegen wollte ich zur KA, aber jetzt zieht es mich zurück zu den fingierten Schidiebstählen."

Jäger zuckte die Achseln. Er betrachtete Natters Gesicht. „Sie haben nicht viel Glück mit Tieren", sagte er. „Was war das doch gleich, sagten Sie? Ein Ziegenbock?"

„Hammel, Herr Major, Hammel."

„Na schön. Gehen Sie jetzt, Moser wartet. Um was geht es?"

„Ein Biologiestudent in Schwarzach züchtet zu Hause psychedelische Pilze."

„Ah! Sind die giftig?"

„Angeblich kaum."

„Machen sie süchtig?"

„Angeblich nicht."

„Frisst er sie selbst?"

„Zum Teil. Er gibt auch an seine Bekannten weiter."

„Hat Kammerlander wieder die Presse eingeladen?"

„Ich glaube schon."

„Nun ja", seufzte Jäger. „Tun Sie jedenfalls Ihre Pflicht."

„Selbstverständlich, Herr Major."

20

Die Kuh lag unter den klippenartigen Felsen, über die sie gestürzt war. Sie war schon ziemlich aufgetrieben. Als Natter sich dem Kadaver näherte, erhoben sich mit wildem Surren zwei Schwärme blaugrüner Fliegen, der eine vom Kopf, der andere vom hinteren Ende des toten Tieres. Die Insekten umkreisten den Gendarmen, der sie bei der Eiablage und bei ihrer Festmahlzeit gestört hatte.

Es wurde Zeit, dass die Kuh verschwand.

Natter warf einen Blick in den hellgrauen Morgenhimmel. Heute würde es wohl diesig werden. Das wäre angenehmer als in den letzten Tagen, an denen die Sonne für die fortgeschrittene Jahreszeit viel zu stechend gewesen war.

Natter verließ das kleine Plateau, auf dem die abgestürzte Kuh lag, indem er mit vorsichtigen Schritten eine Geröllhalde überquerte. Dann stieß er in spitzem Winkel auf einen stellenweise kaum erkennbaren Wanderweg, der im Zickzack aufstieg und hinter die Schrofen führte. Der Gendarm ging langsam, mit gemessenem Berglerschritt, diesen Weg entlang. Nach kaum zehn Minuten gelangte er an den Punkt, den er vor zwei Tagen ausgesucht und an dem er vorgestern und gestern lange vergeblich gewartet hatte. Der Weg führte hier durch einen niedrigen Baum- und Buschbestand, zu klein, um ein Wald zu sein, und zu zerrauft, um als ordentliches Gebüsch durchgehen zu können.

Natter setzte sich auf einen günstig gelegenen Baumstumpf und nahm ein kleines, zusammenklappbares 8x20-Fernglas aus der Tasche, das er für seinen Augenabstand auseinanderzog. Dann justierte er die beiden Okulare. Seltsamerweise musste er das jeden Tag neu tun, obwohl das Schraubgewinde so schwergängig war, dass nicht erklärbar war, wie sich die Okulare in der Tasche von selbst verstellen konnten. Das bedeutete dann aber, dass seine Augen zu verschiedenen Tageszeiten unterschiedliche Linsenanpassungen im Bereich von Dioptrienbruchteilen brauchten. Sobald er scharf gestellt hatte, legte er das Glas auf seinen rechten Oberschenkel. Dann gab es nichts zu tun als zu warten.

Er schaute abwechselnd hinunter auf den Weg, auf dem jeder kommen musste, der zu der Kuh wollte, und auf den Boden rund um sich. Während der Weg vorläufig verlassen blieb, liefen auf der festgetretenen Erde vor ihm Spinnen und Ameisen umher, hin und wieder auch ein großer, schillernder Laufkäfer.

Natter langweilte sich nicht. Er dachte an die Zeit seiner Zuteilung zur Kriminalabteilung. Da gab es immer noch viel nachzudenken.

Aus einem Grasbüschel am Wegrand kroch ein dünner roter Regenwurm hervor. Er schien sich gleich wieder eingraben zu wollen, aber der Boden des Wanderweges war viel zu hart getreten, als dass der weiche Wurm hätte eindringen können. Natter, der im Moment nichts Besseres zu tun hatte, wollte gerade nach ihm greifen, um ihn ins Gras zurückzuwerfen, als ein grüngolden schimmernder Laufkäfer sich auf den Wurm stürzte und seine Zangen in den sich schlängelnden langen Körper schlug. Den Wurm durchzuckte es, als habe ihn ein Stromstoß getroffen, und er wand sich spastisch, aber das nützte nichts. Der Käfer verschwand mit seiner Beute im Gras neben dem Weg.

Als Natter aufschaute, sah er zwei Männer unten am Weg. Er vergewisserte sich durch den Feldstecher, dass es die waren, die er erwartet hatte: der Senn und ein Forstarbeiter aus dem Dorf. Natter bewegte sich vorsichtig und vermied jede schnelle Bewegung. Die Sonne schien noch nicht, sodass ihn ein Aufblitzen der Linsen nicht verraten konnte. Außerdem saß er zwischen den Bäumen und wurde durch einen niedrigen Busch verdeckt.

Die beiden Männer sahen ihn nicht. Sie drehten sich manchmal um und musterten das Gelände hinter sich. Bei der Kuh angelangt, begannen beide, ihre Rucksäcke auszupacken.

Natter sah ihnen eine Weile zu, dann verließ er vorsichtig seinen Beobachtungsposten.

Die beiden Männer waren mit ihrer Arbeit fertig.

Sie gingen in Deckung.

Natter stand während der Explosion hinter einem Felsen. Das Geräusch klang dumpfer und leiser, als er erwartet hatte.

Einen Moment lang überlegte er, ob es noch eine zweite Detonation geben könnte, aber dann tat er das als nicht sehr wahrscheinlich ab. Er stieg schnell den Weg hinunter.

Die beiden Männer starrten ihn an, als er über die Geröllhalde herüberkam.

„Cowboy Joe", sagte der Senn ohne jede Begeisterung, als er ihn erkannt hatte. Natters Spitzname war an seinem neuen Dienstort allgemein bekannt. Man fand ihn witzig. Natter war es mittlerweile egal, wie man ihn nannte. Ihm kam es darauf an, wie man ihm begegnete. Er hatte sogar zur Verbreitung seines Alias selbst beigetragen. Ein Mann, den man früher als Dorfdeppen und jetzt, der sensiblen Touristen wegen, als Original bezeichnete, war eifrigster Leser des *Mittwochblatts*. Er hatte offenbar ein fotografisches Gedächtnis und sprach Natter auf eine Gendarmengeschichte an, die er einmal in der Gratiszeitung gelesen hatte. Natter machte kein Hehl daraus, dass er der Protagonist dieser Story gewesen war. Am nächsten Tag wusste es das ganze Dorf ...

Von der Kuh war bloß noch der Schädel mit den Hörnern übrig.

„Hängst du dir den als Trophäe an die Wand?“ fragte Natter den Forstarbeiter, der Willi hieß.

„Um was geht es jetzt eigentlich?“ fragte Willi.

„Habt ihr eine Genehmigung zum Sprengen?“ erkundigte sich Natter.

„Hör mal, Joe“, sagte der Senn. „Das ist doch die reine Affenscheiße. Die Kuh liegt so saublöd, dass der Hubschrauber sie nicht holen kann, verlochen kann man sie hier im Wasserschutzgebiet auch nicht, und runterbringen ebenfalls nicht. Da drüben ist ein Wanderweg, also muss das Viech weg. Jetzt ist es weg, so klein, dass die Dohlen es wegputzen können. Hättest du eine andere Lösung gewusst?“

„Eine vom Amtstierarzt angeordnete Sprengung“, sagte Natter. Er hatte eine Autofokuskamera herausgezogen und machte Bilder vom Schädel der Kuh, von den Spuren der Explosion und von den beiden anderen Männern. „Habt ihr den Wanderweg abgesperrt? Was für einen Eindruck macht es, wenn ein paar deutsche Urlauber in einen blutigen Regen aus Hautfetzen hineintapsen? Wie erklärt ihr denen das?“

„Ist das passiert?“

„Es hätte passieren können.“

„Willst du uns anzeigen?“ fragte Willi.

„Ich will nicht, ich muss“, sagte Natter. „Als Exekutivbeamter muss ich jede illegale Handlung, von der ich erfahre, melden.“

„Und du bist ganz zufällig hier, oder?“

„In di Berg bin i gean, denn do gfreit si mei Gmüat“, sagte Natter in einem Anfall jenes seltsamen Humors, den er bei seinem kurzen Aufenthalt im Rheindelta gelernt hatte.

„Leck mich doch am Arsch", murmelte der Senn. Es war zwar einigermaßen beiseite gesprochen, aber doch gut vernehmbar.

„Ich nehme an, es ist Sprengstoff für Wurzelstrünke verwendet worden?" fragte der Gendarm.

„Das kannst du annehmen."

„Gut", sagte Natter. „Ich hab jetzt alles soweit im Kasten. Ich hätte gerne, dass ihr beide auf den Posten kommt. Wann geht es euch am besten? Vielleicht gleich heute Nachmittag noch?"

„Da muss ich arbeiten", sagte der eine, der andere fügte hinzu: „Glaubst, wir haben nix zu tun – wie die Beamten?"

„Ich weiß schon, dass ihr viel Arbeit habt, aber ich brauche euch doch auf dem Posten. Morgen Vormittag?"

„Heute Abend gegen sechs könnte ich", knurrte der Arbeiter.

„Und du?"

„Von mir aus", sagte der Senn.

„Nehmt den Schädel mit", meinte Natter.

„So schlau sind wir selber."

Natter drehte den beiden den Rücken und begann den Abstieg. Als er zwanzig oder dreißig Schritte weit weg war, rief ihm der Senn nach: „Natter!?"

Der Gendarm ist mit „Herr" anzusprechen und darf nie öffentlich verwiesen werden ... Paragraph 6 der Gendarmeriedienstinstruktion, dachte Natter. Doch über die Schulter machte er nur: „Hm?"

„Du hättest ruhig dort bleiben können, wo du gewesen bist. Hättest dich nicht zu uns versetzen lassen müssen. Solche Arschlöcher wie dich brauchen wir hier nicht."

Natter blieb stehen und drehte sich um.

„Müssen wir uns auf dem Posten auch noch über Beleidigungen unterhalten? Mir ist das wurscht, ihr könnt es haben, wie ihr es wollt."

Die beiden Männer antworteten nicht. Sie starrten nur finster auf ihn herunter.

Natter wandte sich ab und ging weiter den Weg hinunter. Er hätte gerne vor sich hin gepfiffen, unterdrückte den Impuls aber.

Hier fühlte er sich wohl. Schön war es in den Bergen, vor allem auf der Schafalpe am gegenüberliegenden Hang.

Kurt Bracharz
Für reife Leser
288 Seiten, € 19.90/sfr 35.90
ISBN 978-3-85218-588-0

Kurt Bracharz ist Anhänger der Buchreligion – jenes polytheistischen Glaubens, dessen heilige Schriften Don Quijote, Moby Dick, Berlin Alexanderplatz, Lolita oder V heißen –, und er ist überzeugt, dass ein Buch mehr ist als mit unterhaltsamen Geschichten bedruckte Seiten.

Der süchtige Leser hat ein Jahr lang über das geschrieben, was er gelesen hat; er wandert von William S. Burroughs zu Wilhelm Busch, von James Joyce zu Henri Michaux, von Alfred Döblin zu Don DeLillo. Doch seine Notizen und Randbemerkungen, Reflexionen und Assoziationen sind weit mehr als ein schlichtes Lesetagebuch: Für „reife Leser" ist es ein Ausbruch bibliophiler Leidenschaft, ein Genuss für alle, die selbst schon einige Lesefrüchte in ihre Scheune eingebracht haben.

„Kurt Bracharz schreibt so assoziativ, wie man es von ihm gewöhnt ist, springt von filmischen zu literarischen Reflexionen über, schreibt über Hundert- und Tausendfüßler, über Comics und Ausstellungen … Für reife Leser ist ein reizvoll anspruchsvoller und inhomogener Band mit Notizen, Reflexionen und Betrachtungen."
Annette Raschner, ORF

„Scharf nach dem Motto, dass die besten Abenteuer im Kopf sind, erweist sich die Mitschrift von Lektüre als ein großes Abenteuer, das einen jederzeit an jeder Ecke anspringen kann. … Irgendwann im Leben ist die ideale Lesezeit! – Jeder von uns träumt diesen Traum. Kurt Bracharz hat ihn sich verwirklicht."
Helmuth Schönauer